KB172880

꽃씨를 뿌리는

남 자

최정재 / 편역

志成文化社

차 례

나는 이 책을 편역하면서 감정이 뭉클해져 눈물을 떨구기도 했고 때론 지난 삶을 되돌아보는 여유를 찾기도 했다.

여기 수록된 8편의 내용들은 실제로 있었던 이야기들이 거의 대부분이다.

저자가 이런 내용들을 한권의 책으로 만들게된 결정적인 동기는 얼마전 중앙일보에 실렸던 한줄의 기사때문이었다.

당시 신문에는 〈敵軍 장교와 60년 '못다한 사랑' 유럽이 울었다〉 제목하에 세기의 로맨스 하나를 소개하는 글이 게재되었다.

전쟁중 싹튼사랑, 평생동안 간직했지만 재회 1년만에 또다시 죽음이 갈라놓았다는 내용의 글이었다.

이 기사를 접하는 순간 저자는 한동안 깊은 감동에 젖어 아무일도 못했다.

그리고 며칠후, 이런 감동적인 내용들을 골자로하여 글을 한 번 써보면 어떨까라는 생각을 하게되었다. 그러면 소설 이상으로 재미있고, 픽션 소설에서는 느낄수 없는 진한 감동을 독자들에게도 고스란히 전해줄수 있을거란 어떤 확신이 들었다.

저자는 곧 자료 수집에 들어갔다. 인간의 삶 그 자체가 한편의 극적인 소설이라는 말이 있듯이 아직 알려지지 않아서 그렇지 감동적이면서도, 따뜻하고, 눈물겹도록 아름다운 이야기들이 헤일수 없을 정도로 많이 있었다.

여기 실린 8가지의 이야기는 인간의 폐부를 찌르는 수십가지의 실화들 중에서 저자가 가장 큰 감흥을 받은 것들만 간추려서 집필한 것이다.

비록 나 한사람이 감동받아 만든 책이지만 앞으로 더 많은 사람들이 감동을 받으리라 믿어 의심치 않으며 편역자의 말을 마친다.

부디 이 글이 많은 사람들에게 희망과 용기를 북돋워주는 그런 인생지침서 역할을 하길….

1999. 5.

편역자 최 정 재

대장(大將)

세계 대공황으로 전 세계가 극심한 경제적 어려움에 봉착해있었던 시절에 미국의 어느 작은 마을에서 일어났었던 이야기다.

당시, 마을 사람들 대부분은 몹시 궁핍한 생활을 하고 있었는데 끼니를 해결하기 위해 낮에는 주로 인근 공사장으로 일을 하러 나가야만 했다. 이로 인해 낮시간이 되면 마을은 텅 비어버리게 되었는데 아이들은 이때마다 무료함을 달래기 위해 편을 갈라 곧잘 전쟁 놀이를 하곤 했었다.

그러던 어느날이었다. 그날 역시 아이들은 편을 갈라 전쟁놀이에 여념이 없었는데 무리들 중에서 언제나 대장격인 존이 자신의 부하들을 이끌고 강쪽으로 이동을 하게 되었다.

존의 부하들은 모두 세명으로 부대장은 스티브, 작전참모는 웰, 그리고 유일한 여자인 가브리엘은 간호장교역을 맡고 있었다.

존의 무리들이 강줄기를 따라 강 상류쪽으로 조심스럽게 진군하려 할 때였다.

어디에선가 흘러내려 온듯한 낡은 보트 한척이 강 기슭기에 넘어져 있는 커다란 고목위에 걸려져 있는 것이 보였다. 아이들은 호기심 어린 눈빛으로 보트가 보이는 곳으로 일제히 달려갔다. 그리고는 곧이어 그 낡은 보트에 존을 비롯한 세명의 아이들이 모두 몸을 실었다. 존이 뱃머리 앞부분에 의기양양한 표정으로 서 있는 가운데 스티브와 웰이 양쪽에서 노를 젓자 배는 곧 물줄기를 따라 하류쪽으로 흘러내려 가기 시작했다.

"자, 앞으로 전진! 적군을 모조리 섬멸하러 떠나자!"

존의 목소리는 그 어느때보다도 우렁차고 위엄있어 보였다. 그러나 노를 젓고있는 스티브와 웰의 표정은 그다지 밝지 못했다. 전쟁놀이 할 때마다 존은 대장이라는 이유만으로 특별히 하는 일도 없이 무조건적으로 명령만 내렸고 부하역을 맡은 자신들은 힘들고 고달픈 일을 늘상 도맡아 했었기 때문이었다.

"조… 조심해라! 어…어 배가…"

완만한 상태로 흘러가던 배가 갑자기 급류에 휩싸이면서 강 한가운데에 솟아있는 바위와 부딪힌 것은 잠시후였다.

"쿠쿠쿵!"

배는 심하게 요동치는가 싶더니 몇바퀴 원을 그리며 물속으로 서서히 빨려들어가기 시작했다.

아이들이 우왕좌왕하며 어쩔줄 몰라할 때였다. 조금도 흔들림이 없는 존의 우렁찬 목소리가 쩌렁하게 뱃전에 울려퍼졌다.

"전 대원은 들어라! 우리들은 용감한 군인들이다. 이럴때일수록 침착성을 잃지말고 대범하게 행동해야 한다. 자, 지금부터 대장인 나를 따라 모두 군가를 부르기 시작한다. 실시!"

존의 명령이 떨어지고 곧이어 그의 입에서 그들이 평소에 즐겨부르던 군가가 흘러나오자 아이들은 극심한 공포에 휩싸인 가운데서도 하나 둘씩 따라 부르기 시작했다. 그러자 금방이라도 침물할 것처럼 뛰뚱거리던 배는 균형을 잡으면서 어느정도 안정을 찾아갔다. 그러나 배 밑부분 일부가 파손된 탓으로 물은 계속해서 빠른 속도로 불어나고 있었다. 노래가 다 끝나자 존이 다시 큰 소리로 외쳤다.

"지금으로부터 내 말을 잘 듣기 바란다. 이 배는 곧 침몰할 것이다. 아무리 수영을 잘한다 할지라도 물살이 워낙 거센데다가 배가 육지에서 너무 멀리 떠내려와서 물속으로 뛰어들면 그 즉시 죽게될 것이다. 그러나 대원들이 침착성을 잃지않고 내 명령대로만 행동한다면 어느 정도는 희망이 있다. 자, 그럼 내 말 명심하고 우리 대원들 중에서 유일한 여자인 가브리엘부터 우선 앞으로 나오도록!"

존의 명령이 떨어지자 가브리엘은 겁에 잔뜩 질려있는 얼굴로 울먹이며 자리에서 일어났다. 그래도 방금전에 비해서는 상당히 침착한 표정이었다.

존은 뱃머리 부분 바로 밑 공간에 쳐박혀 있는 낡은 구명조끼를 꺼내 가브리엘에게 건네주며 말했다.

"넌 여자다. 그것이 네가 제일 먼저 살아야할 이유다. 구명조끼를 입는 즉시 뒤도 돌아보지 말고 이 배에서 뛰어내려라. 네가 지체하면 지체할수록 이 배는 더 빠른 속도로 물속으로 가라앉게 될 것이다. 자 그럼, 실시!"

구명조끼를 입은 가브리엘이 머뭇거리다가 눈물을 흩뿌리며 물속으로 뛰어들자 존은 이번에는 스티브를 불러 명령했다.

"다행히 여기에 스트로폴로된 통이 하나있다. 스티브 너는 이 통을 끌어안고 물속으로 뛰어들어라. 끝까지 손만 놓치않으면 체구가 상대적으로 왜소하기 때문에 넌 절대로 죽지 않을 것이다. 네가 살아야할 이유는 네가 우리들 중에서 나이가 가장 어리기 때문이다. 오직 그뿐이다. 이상, 실시!"

스티브마저 물속으로 뛰어들자 이제 존과 웰 둘만 달랑 남게되었다. 몹씨 낙담한 표정을 짓고있는 웰을 향해 존이 미소를 지으며 말했다.

"왜 죽는 것이 두려워?"

"물론이지. 이제 배안에 아무것도 남아있는 것이 없어. 절망뿐이야. 솔직히 난 아직 죽고 싶지 않아. 죽는다는 게 너무 무섭단 말야."

"넌 죽지않아. 죽는건 나 하나면 족해."

존은 배가 물속으로 절반 이상 잠긴 상태에서 양쪽에 있는 노를 배 위로 끌어올렸다. 그리고는 낡은 노를 발로 네동강이 낸후 자신의 운동화 끈을 풀어 칭칭 동여맸다.

"이거만 꽉 잡고 있으면 죽지는 않을거야. 더구나 넌 우리들 중에서 수영도 가장 잘하는 편이니까. 자!"

존이 힘들게 만든 미니 뗏목을 건네주자 웰은 믿을수 없다는 표정을 지으며 두눈을 크게 치켜떴다.

"그…럼 대… 대장은?"

"난 너희들의 대장이다. 대장이 부하들 다 내팽개치고 저 혼자 살려고 도망치는 거 봤어?"

"이봐, 대장! 우리 그러지 말고 같이 물속으로 뛰어들자. 응?"

"그건 절대 안돼!"
"왜?"
"그럼 둘 다 죽어."
존은 말이 끝나기가 무섭게 망설이는 웰을 강제로 물속으로 떠밀었다. 그리고는 웰에게 노를 절단해서 만든 구명품을 던져준후 이미 물속으로 절반정도 잠겨버린 뱃머리 위로 올라가 큰소리로 외쳤다.
"너희들은 그동안 줄곧 나에게 불만을 표시했었지. 왜 나만 계속 대장을 하느냐고… 하는일 없이 빈둥빈둥 놀면서 독불장군처럼 맨날 쓸데없는 명령만 내리고 힘든 일은 자신들에게 다 시키는게 무슨 놈의 대장이냐고….
그럴때마다 내가 그랬었지. 대장은 대장만이 할 일이 따로 있다고, 난 지금 내가 당연히 해야할 일을 하고있을 뿐이야. 그러니 너희들 나 때문에 괜히 죄책감 같은 거 갖을필요 없어. 알았지? 절대로…."
물위에 고개만 내밀고 있던 세명의 아이들은 독선적이고 오만하기 그지없던 자신들의 대장이 의연한 모습을 잃지않은채 물속으로 사라지는 것을 눈물로 끝까지 지켜보았다. 그리고는 그의 모습이 완전히 사라졌을 때 아이들은 이구동성으로 이렇게 되뇌였다.
"아, 대… 대장!"
그것은 진심에서 우러나오는 진정한 의미의 대장이었다.

화이트 크리스마스

로치는 아침 일찍 식료품 가게문을 열기가 무섭게 어디론가 분주히 전화를 걸기 시작했다.

오후까지 가게세를 내기 위해서는 두달치 밀린 돈까지 포함해 1천 3백여달러 정도가 더 필요했기 때문이었다. 만약 오늘 중으로 그 돈을 마련하지 못하면 당장 가게를 비워야만 할 급박한 처지였다. 불과 몇 달 전만 하더라도 장사가 제법 잘되는 편이어서 가게세를 마련하기 위해 굳이 남들에게 아쉬운 소리를 할 필요가 없었지만 지금은 상황이 많이 바뀌었다. 로치의 가게와 불과 30여미터 정도밖에 떨어지지 않은 곳에 대형 식료품 가게가 하나 생긴 후 부터는 매상이 급격히 떨어진 것이다.

새로 생긴 가게는 매장 규모도 훨씬 더 큰데다가 식료품 가격도 로치네 가게보다 절반 정도 저렴했기 때문에 단골 손님들조차도 하나 둘씩 새로생긴 가게로 발길을 돌렸다.

로치로서는 마냥 속수무책이었다. 그렇다고 빚을 얻어 가면서까지 매장규모를 늘리고 식료품가격을 절반 수준으로 내릴수도 없는 처지였다. 가게를 얻을 때 이미 은행으로부터 상당액의 돈을 대출받은 데다가 찾아오는 손님 또한 빤한 상태여서 판매 가격마저 절반 수준으로 인하하면 그야말로 식료품 구입비마저도 못건질 것이 불을 보듯 뻔했기 때문이었다.

"그곳도 두달째 가게세를 못내고 있는 처지라고요? 아… 알겠습니다. 그럼…."

마지막으로 믿었던 세탁소집 아저씨마저도 죽는 소리를 하자 로치는 맥이 탁 풀리는지 긴 한숨을 내쉬며 전화 수화기를 내려놓았다. 아무리 생각해도 뾰족한 수가 없었다. 로치는 낭패한 표정을 지으며 담배 하나를 꺼내물었다.

'고작 1천 3백달러가 없어 이렇게 비참한 꼴을 당해야

하다니…'

로치는 가게문을 닫고 시내 외곽쪽으로 차를 몰고나갔다. 1천 3백달러가 아니라 1만 3천달러를 빌려달라 해도 군소리 한 번 안하고 기꺼이 돈을 빌려줄 고아원 동기 몰리가 시내 외곽쪽에서 소규모의 자동차 정비소를 직접 운영하고 있었기 때문이었다. 궁지에 몰린 로치로서는 그야말로 마지막 보루인 셈이었다.

"어이, 몰리!"

로치가 카센터를 찾아갔을 때 다행이 친구 몰리는 사무실 안에 있었다. 그런데 어딘지 모르게 분위기가 영 심상치 않았다.

"이봐, 몰리! 자네 얼굴이 왜 그 모양이지? 어디 아프기라도 한건가?"

몰리의 얼굴은 곤혹스러운 빛으로 가득차 있었다.

평소때 같았으면 허겁지겁 뛰어나와 농담부터 먼저 건넸을 몰리였건만 어찌된 일인지 가장 절친한 친구가 방문했는데도 불구하고 상기된 표정으로 의자에 앉아 줄담배만 연신 피워대고 있었다.

"왜, 안좋은 일이라도 생긴거야?"

로치의 물음에 몰리는 이내 얼굴빛을 감추며 담담하게 고개를 끄덕였다.

"여기서 일하는 앤서라는 아이 자네도 알지?"

"물론이지. 그런데 왜? 그 아이가 무슨 사고라도 저질렀나?"

"글세, 그 녀석이 어제 저녁때 자기 여자 친구와 드라이브 한다고 손님이 맡겨놓은 차를 몰래 몰고 나갔다가 그만 사고를 저질렀지 뭔가."

"그래서 어디 많이 다치기라도 한건가?"

"그 녀석은 멀쩡하다네. 문제는 손님이 맡겨놓은 차가 엉망이 되어버렸다는 거야.

싸구려 차면 내가 말도 안하겠네. 글세 그차가 어떤 차인줄 아나? 10만 달러가 넘는 최고급 BMW 스포츠카야. 그 차값을 보상할 생각을 하니 정말 눈앞이 캄캄하기만 하다네. 그러고 보니 자네 마침 잘왔네. 혹시 돈 좀 가진거 있으면 나 좀 빌려주게나?"

몰리의 말에 로치는 힘없이 고개를 떨구었다. 단돈 1천 3백달러가 없어서 친구를 찾아온 주제에 그 많은 돈이 있을리 만무했기 때문이었다.

"하긴, 하루가 멀다하고 내게서 돈을 꿔가는 자네에게 무슨 돈이 있겠는가. 이번 일은 내가 알아서 처리할테니까 자네는 너무 신경 쓰지 말게나.

참, 그건 그렇고 자네같이 움직이기 싫어하는 게으름뱅이가 갑자기 연락도 없이 여기는 왠일이지?"

"으… 음 그건… 그냥 왔어. 이 근방에 볼일이 있어서 잠깐 왔다가 자네 얼굴이나 한 번 보고 가려고…"

돈 얘기를 꺼내 보지도 못한채 서둘러 몰리의 카센터에서 빠져나온 로치는 가슴이 답답해질 때마다 가끔씩 찾아가던 강가로 차를 몰고갔다. 로치는 통나무로 만든

벤치에 한동안 앉아 그저 묵묵히 흐르는 강물을 바라보며 이런저런 생각에 잠겼다.

서른 두 살의 나이가 되도록 남들 다하는 결혼은 커녕 변변한 연애 한 번 못해본 데다가 그동안 모아 놓은 재산이라고는 고작 가게를 얻을 때 들어간 약간의 보증금과 오피스텔 전세 자금이 전부라고 생각하니 로치로서는 그저 한숨만 절로 새어나왔다. 장사가 비교적 잘돼 약간의 돈이 모여졌을 때도 거의 대부분을 고아원에 있는 동생들을 위해 써버렸기 때문에 수중에 돈이 있는 날은 거의 전무하다시피 했다.

"어떻게 되겠지…."

아침 식사조차 하지않은 상태에서 점심시간이 한참이나 지날때까지 강가에 앉아 자신의 지난 삶을 되돌아보던 로치는 땅거미가 어둑해질 무렵이 되어서야 비로소 자신의 식료품 가게로 다시 되돌아 왔다.

"어이 로치! 그래 돈은 좀 마련했는가?"

임시로 닫아놓았던 셔터문을 막 올리려고 하는데 옆집 가게에서 정육점을 하고 있는 모리스 아저씨가 불쑥 나타났다. 맘씨좋게 생긴 모리스는 로치에게 무슨 일이 생겼을 때마다 마치 그의 대변인인양 나서서 해결의 실마리를 찾아주던 인정많은 이웃집 아저씨였다. 다른때 같았으면 자신의 가게세를 못내는 한이 있더라도 로치에게 먼저 돈을 빌려주었으련만 그 역시 병원에 입원해 있는 부인의 치료비를 마련하기 위해 하루가 멀다하고 돈을 빌리러 다니는 처지인지라 남에게까지 아량을 베풀 겨를이 없는 상황이었다.

"아무래도 가게를 처분하고 다른 일을 찾아봐야 될 것 같아요. 어떻게해서 이번 고비를 겨우 넘긴다해도 또 다음달 말이 되면… 또다시 오늘과 마찬가지로 여기저기로 돈을 빌리러 다녀야 할 거 아닙니까? 이젠 낯뜨거워서 이짓도 정말이지 못하겠더라구요."

"이 사람아! 그만 두더라도 봄이나 되서 그만둬야지 이 엄동설한에 갑자기 가게를 그만두면 대체 어떻게 하겠다는 것인가?"

"그건 그렇지만…."

"잔말 말고 이번달만 어떻게 한 번 잘 넘겨봐. 다른 일을 하더라도 미리 꼼꼼히 생각하고 계획해서 시작해야지 자네처럼 무턱대고 일을 저지르면 낭패보기 십상이야.

매달 일정량의 은행대출금을 갚기 때문에 자네가 이렇게 금전적으로 쪼들리는거지 그래도 아직까지는 그동안 확보해 놓은 단골손님들 때문에 그럭저럭 현상유지는 하고있지 않는가? 지금은 비록…."

흥분된 상태에서 훈계조로 말하던 모리스 아저씨는 자신의 가게로 손님이 들어가는 것을 보고는 하던 말을 잠시 중단했다.

"자존심이 약간 상하더라도 마귀할멈에게 찾아가 다시 한 번 사정해봐. 가게 문제는 그 후에 천천히 다시 한 번 생각해 보고, 알겠지."

모리스 아저씨는 말을 끝내기가 무섭게 자신의 가게안으로 다급하게 뛰어들어갔다.

'마귀할멈'은 상가 사람들이 붙인 별명으로 건물주를 지칭하는 말이었다. 그녀는 온통 신비감에 싸여있는 미스테리한 여인으로 상가 사람들이 그녀에 대해 알고 있는 것이라고는 고작해야 젊은 나이에 부모로부터 막대한 재산을 물려받은 상속녀라는 것과 아직 시집을 가지 않은 노처녀라는 사실뿐이었다.

그녀는 로치의 식료품 가게 바로 옆에 있는 3층짜리 빌라에 혼자 살고있는데 거의 외출을 하지 않은채 대부분의 시간을 집안에만 틀어박혀 사는 것으로 유명했다.

상가 사람들이 그녀의 모습을 볼 수 있는 기회는 매달 말일 그녀가 가게세를 직접 받으러 올 때 뿐이었다.

그녀는 빼빼하게 마른 몸매에다 나비모양의 선글라스를 항상 착용하고 다니는데 얼굴이 무척이나 차고 창백해서 보는이로 하여금 다소 신경질적으로 생겼다는 느낌을 주었다.

외적으로 풍기는 이런 분위기 뿐만 아니라 실제로도 그녀의 성격은 매우 히스테리컬 했으며 인근에 수십채의 빌딩을 소유하고 있으면서도 인정이라고는 눈꼽만큼도 찾아볼수 없는 비정한 성격의 소유자이기도 했다. 자신의 건물에 세들어 있는 사람중에서 만약 그달치 세를 못내는 사람이 있으면 다음번 가게세를 받아갈 때

전달치 가게세에다 법정이자보다 무려 다섯배나 더 되는 이자를 붙여서 받아가곤 했다. 만약 그녀의 이런 일방적인 처사에 못땅해 하거나 이의를 제기하는 사람이 있으면 그는 가차없이 그 다음날로 가게를 비워야만 했다.

이런 이유 때문에 사람들은 그녀의 이야기만 나오면 고개부터 절래절래 흔들었다. 비록 석달치 가게세가 밀려있기는 하지만 이런 그녀에게 한달만 더 사정을 봐달라고 애원하는 것은 로치로서는 그야말로 죽기 보다도 더 싫은 일중에 하나가 아닐수 없었다.

'이번이 정말 마지막이에요! 다음 달에도 또 가게세를 내지 못하게 되면 그땐 인정사정 없이 내쫓아 버릴테니까 알아서 하세요. 흥!'

지난달 말일에 그녀가 자신에게 했던 말을 떠올리는 것만으로도 로치의 온몸엔 소름이 쫘악 돋았다. 로치는 인상을 구기며 자신이 앉아 있던 카운터 세 번째 서랍을 열었다. 그리고는 통장 하나를 꺼내 들었다.

잠시 망설이던 로치가 통장을 좌우로 살짝 펼치자 잔액란에 1천 달러의 돈이 기입되어져 있는 것이 보였다. 로치는 매년 1천 달러의 돈을 통장에 입금시켜 두었다가 크리스마스 이브날이 되면 고아원 동생들에게 한아름의 선물을 사다주곤 했었다.

통장안에 들어있는 돈 역시 크리스마스 이브날 고아원 동생들에게 선물을 사다주기 위해서 로치가 그동안 틈틈히 모아두었던 돈이었다.
매년마다 계속 해오던 일인지라 경제적으로는 상당한 어려움을 겪은 올해 역시 다른 계획들은 중도에 다 포기하거나 다음해로 미루어 놓았지만 동생들 선물을 사기 위한 돈만큼은 악착같이 모아둔 상태였다.
'이 돈으로 일단 이 달치 가게세라도 낼까? 그러면 최소한 한달은 더 버틸수 있을텐데, 아냐. 이게 어떤 돈인데, 이 돈만큼은 무슨일이 있더라도 절대 안돼. 설령 오늘 당장 가게에서 쫓겨나는 한이 있더라도…'
로치의 마음은 잠시 흔들렸다. 마귀할멈이라는 별명이 붙은 건물주 여자의 히스테리컬한 잔소리를 들을 생각을 하니 정말이지 눈앞이 캄캄해졌다. 그렇다고 고아원 동생들을 위해 쓰려고 모아두었던 돈에 함부로 손을 댄다는 것도 영 마음에 걸렸다.
잠시 생각에 잠겨있던 로치는 결국 선물을 기다리고 있을 아이들, 그 선물을 받고 마치 세상이라도 다 얻은 듯 좋아할 아이들의 모습을 떠올리는 순간 자신도 모르게 펼쳐놓았던 통장을 미련없이 다시 접어버렸다.
로치가 들고있던 통장을 제자리에 막 집어 넣으려고 할 때였다. 갑자기 전화벨 소리가 요란하게 울려퍼졌다.
"그래, 돈을 마련해 놨어요?"
첫마디부터 앙칼지게 쏘아붙이는 목소리의 주인공은 바로 건물주인이었다. 로치는 죄인처럼 기어들어가는 목소리로 가늘게 말했다.

"그…게 아직…."

"뭐예요? 그럼 아직도 돈을 준비하지 못했단 말이에요?

좋아요. 나도 더 이상은 봐줄수 없으니 내일 아침까지 당장 가게를 비우도록 하세요. 에잇!"

건물 주인은 더 이상 말하기가 귀찮은 듯 신경질적으로 전화를 끊어버렸다.

로치가 착잡한 기분에 빠져 한동안 수화기를 멍하니 들고있을 때였다. 가게문이 활짝 열리면서 모리스 아저씨가 불쑥 안으로 들어왔다. 모리스 아저씨는 두툼한 봉투 하나를 로치에게 건네주며 그만이 지을 수 있는 특유의 싱거운 웃음을 씨익 지어보였다.

"이게 뭔가요?"

"돈이야, 그 놈의 웬수같은 돈, 이걸로 일단 이달치 가게세라도 내라구."

"어디서 이 돈을?"

"마누라 병원비에 쓸려고 꼬불쳐 놓았던 돈이야."

"그런데 이 돈을 왜 제게…."

"이 번달치는 얼마전에 이미 지불했기 때문에 괜찮아. 다음달치야 그동안 벌어서 내면되고… 그러니 너무 부담갖지 말고 다급한 자네부터 일단 먼저 쓰게나. 그럼 난 이만 바빠서…."

모리스 아저씨는 로치의 말은 들을 필요도 없다는 듯 돈봉투만 건네주고는 성급히 가게 밖으로 나갔다. 로치로서는 그런 모리스 아저씨가 마냥 고맙기만 했다. 말로는 이미 병원비를 지불했다고 하지만 로치가 들은바로는 아직 그 일부만 지불한 것으로 알고 있었기 때문이었다. 병원비를 다시 마련하기 위해서는 당장 남에게 아쉬운 소리를 해야할 판인데도 불구하고 좋은 이웃 하나 잃는것이 싫어 그 귀한 돈을 기꺼이 내어준 모리스 아저씨를 생각하니 로치의 콧등은 괜스레 시큰해졌다.

가게를 정리하기로 마음을 굳혔던 로치는 결국 모리스 아저씨를 생각해서 돈봉투를 집어들고 건물주가 살고 있는 빌라로 향했다. 상가 사람들은 한결같이 '마녀의 성'이라 부르는 건물주가 살고있는 빌라는 항상 문이 굳게 잠겨져 있게 마련인데 어찌된 일인지 로치가 찾아갔을 때 활짝 열려져 있었다.

"계세요?"

밖에서 몇번이고 계속 불러도 인기척이 없자 로치는 마녀의 성 안으로 조심스럽게 들어가 보았다. 그러나 서너걸음도 채 못가서 로치의 얼굴은 백짓장처럼 창백하게 굳어버렸다. 건물주인 여자가 온몸이 피투성인채로 정신을 잃은채 현관문 바로 앞에 쓰러져 있었기 때문이었다.

집안에 있는 물건들이 어지러이 널려져 있는 것으로 보아 방금전에 강도가 들었던 것이 분명해 보였다. 로치는 본능적으로 여자의 심장에 귀를 갖다댔다. 다행이 심장은 뛰고 있었다. 그러나 당장 병원으로 옮기지 않으면 생명이 위독할 정도로 건물주인 여자의 상태는 몹시 안좋았다.

병원으로 데려가기 위해 본능적으로 건물주인 여자를 들어올리던 로치는 잠시동안 미묘한 감정에 사로잡혔다.

'만약 이 여자가 이대로 죽어버린다면 이달치 월세는 물론이고 그동안 밀렸던 가게세까지 지불할 필요가 없겠지….'

잠시 멈칫거리던 로치는 비록 무엇하나 마음에 드는 것은 없었지만 차마 그깟 돈 몇푼 때문에 여자를 그냥 죽게 내버려둘수 없다는 생각에 서둘러 병원으로 옮겼다. 여자는 병원에 도착하자마자 곧바로 수수실로 옮겨졌다. 그런데 전혀 뜻밖의 문제가 하나 발생했다. 그건 다름이 아니라 수술을 하려면 보호자의 서명이 있어야 하는데 그녀의 보호자가 누구인지를 전혀 알길이 없다는 것이었다. 일단은 수술부터 시켜야겠다는 생각에 로치는 자신이 여자의 남편이라고 간호사에게 말하고는 수술 동의서에 날인을 했다. 여자에 대한 신원 명세서는 그녀의 외투속에 들어있던 지갑을 꺼내 그안에 있는 주민증을 보고 그대로 기재했다. 여자의 이름은 주디 엔젤리스였고 나이는 31세였다.

'아무리 못된 여자라 할지라도 인간의 생명은 다 고귀한 거지, 하나님이 그녀를 이 세상에 내려 보냈을 때는 다 그만한 이유가 있었겠지… 그 분이 어떤 분이신데…

후훗….'

얼굴을 떠올린다는 그 자체만으로도 온몸에 소름이 쫘악 돋는 여자였지만 막상 수술이 시작되자, 로치는 수술이 제발 무사히 끝나기만을 진심으로 기도했다. 수술은 다음날 새벽 1시경이 다 되어서야 비로소 끝났다.

"그래, 수술은 잘 끝났습니까?"

"생명에는 지장이 없을 것이오. 다만 걱정되는 것은 사고때의 충격으로 뇌가 약간 손상되었다는 것이 아무래도…."

로치의 질문에 수술을 담당했던 의사는 어떤 확답대신 말꼬리를 흐리며 종종 걸음으로 사라져 버렸다. 주디가 중환자실로 옮겨지는 것을 보고난 후에야 비로소 자신의 집으로 되돌아온 로치는 다음날 점심나절이 지날때까지 깊은 단잠에 빠져들었다.

"이봐 로치!"

우유와 빵으로 간단하게 아침겸 점심식사를 해결한 로치가 식료품 가게문을 막 열려고 할 때였다. 모리스 아저씨가 특유의 장난스런 웃음 대신 약간 의아한 눈빛을 흘리며 나타났다.

"아니 어제 저녁에는 어떻게 된거야? 오후내내 가게문이 열려진 채로 있던데…."

로치는 가볍게 웃으며 모리스 아저씨를 가게안으로 데리고 들어갔다. 그리고는 원두커피 한잔을 타서 그에게 건네주며 말했다.

"아저씨가 어젯밤에 우리집 가게 셔터문을 내려 놓으셨어요?"

"아무리 기다려도 나타나지 않아서 내가 대신 닫아주었지. 도둑이라도 들면 큰일이지 않는가? 그런데 대체 어젯밤에 무슨 일이 있었길래 가게문까지 훤히 열어 놓은채 그렇게 다급히 사라져 버린 것이지?"

"아, 그거요. 사실은…."

로치는 모든 것을 사실대로 말하려 하다가 잠시 멈칫했다. 모리스 아저씨는 사람은 참 좋지만 입이 좀 헤퍼서 이야기 꺼리가 생겼다하면 온동네 사람들에게 다 떠들고 다니는 스타일이기 때문이었다. 괜히 말을 잘못 꺼내게 되면 뜻하지 않은 오해를 불러일으킬 소지가 다분해서 사실대로 털어놓는다는 것이 왠지 모르게 꺼림직했다.

"야채가게 조이의 말에 의하면, 자네가 어제 저녁때 어떤 여자를 차에 태우고 성급히 어디론가 갔다고 하던데…."

"아, 그거요…."

로치가 곤혹스러운 표정을 지으며 커피잔을 입에 대자 모리스 아저씨는 집요하게 다시 물었다.

"혹시 그 여자 마귀할멈 아냐?"

"아…뇨. 그 여잔 저희 가게에 왔던 손님인데 갑자기 정신을 잃고 쓰러져서 제가 병원으로 급히 옮겨준 것 뿐이라구요."

"난, 또… 자네도 알다시피 어제는 상가 사람들이 마귀할멈에게 건물세를 내는 날이 아닌가?

그런데 여지껏 단 한 번도 시간 약속을 어긴적이 없는 그 지독한 마귀할멈이 어찌된 일인지 어제는 우리집 뿐만 아니라 다른 집에도 나타나지 않았다고 하더라구 그래서 혹시 난 어제 자네가 차에 급히 실고간 그 여자가 마귀할멈이 아닌가 했었지?"

"제가 왜 그 여자를…."

"하긴… 자네가 그 여자를 차에 실고갈 이유가 없었겠지. 여하튼 상가 사람들 대부분은 지금, 마귀할멈에게 중대한 사고가 일어나기만을 은근히 바라고 있다네. 그렇게 못된 여자는 천벌을 받아야 마땅하다고 다들 난리들이지 뭔가. 남들의 어려움은 조금도 배려해 주지 않고 오직 자신의 욕심만을 채우려고 발버둥치는 못된 돼지같은 존재라고…."

로치의 가슴은 왠지 모르게 저려왔다.

불과 어제 저녁때만 하더라도 자신도 역시 모리스 아저씨와 같은 말을 했었지만 그 어떤 사람에게도 사랑을 받지 못하고 오직 미움과 원망의 대상이 되어버린 주디가 왠지 모르게 가엾게만 느껴졌기 때문이었다. 로치는 잠시 생각했다. 그녀를 폐쇄된 공간속으로 몰아넣는 것은 물론 그녀 자신에게 일차적으로 문제가 있었겠지만 더 큰 원인을 제공한 것은 어쩌면 자신을 비롯한 주변의 사람들에게 있지 않나 싶었다. 그녀가 단지 어린 나이에 엄청난 재산을 상속받은 여자라는 이유만으로 괜히 시기하고, 질투하고, 미워하고, 뒤에 숨어서 험담이나 했을 뿐이지 그 누구하나 진심에서 우러나오는 따뜻한 마음으로 대해준적이 없었기 때문이었다.

단 한 사람만이라도 그녀를 부모로부터 거대한 유산을 물려받은 억세게 운좋은 상속녀, 돈만을 밝히는 악덕 건물주가 아닌 그저 더불어 함께 살아가는 주변의 가까운 이웃 정도로만 생각하고 대해주었어도 그녀의 삶이 지금보다는 훨씬 더 긍정적으로 바뀌지 않았을까라는 안타까운 생각도 들었다.

"이봐 로치! 갑자기 무슨 생각을 그렇게 골똘하게 하는 거지?"

커피잔을 입에댄채 멍한 상태로 무슨 생각인가를 계속하고 있던 로치는 모리스 아저씨가 한쪽 어깨를 툭치자 그제서야 비로소 정신이 드는지 싱겁게 웃음을 지어보이며 말했다.

"아… 아닙니다."

"이유야 어쨌든 마귀할멈의 모습이 잠시라도 눈앞에 보이지 않으니까 세상 살맛이 절로 나는거 같지 않은가? 하하하."

비록 단 하루 뿐이기는 하지만 주디의 부재(不在)가 상가 사람들에게 크나큰 기쁨을 안겨준 것은 사실이었다.

평소때 보다 일찍 가게문을 닫은 로치가 병원을 다시

찾았을 때 주디는 깊은 잠에 빠져있었다.
로치는 화장기 없는 창백한 얼굴로 침대에 누워 곤히 자고 있는 주디를 한동안 물끄러미 바라보았다. 그저 외롭고 가여운 한 인간에 불과할 뿐인데 다수의 사람들에 의해 일방적으로 매도당하고 손가락질 당하는 것이 왠지 모르게 안타깝고 측은하게만 느껴졌다.
로치는 마음속으로 다짐했다.
세상 모든 사람들이 주디를 향해 손가락질 하더라도 자신만은 결코 그 어떤 일이 있더라도 그녀를 미워하지 않으리라고… 설령 지금보다 더 못된짓만 골라서 하더라도 결코 자신만은 그녀를 미워하지 않으리라고 몇번이고 계속해서 다짐했다. 사랑하는 것보다 더 힘든 것이 남을 미워하고 시기하는 것임을 로치는 그 누구 보다도 잘 알고 있었기 때문이다.
"다, 당신은 누구죠?"
몇번 뒤척이다 잠에서 깨어난 주디는 로치를 보는 순간 적지 않게 당황하는 모습을 보였다.
그러나 더 당혹스러워 한 것은 오히려 로치였다. 그녀가 자신을 못알아보고 있었기 때문이었다.
"내가 누구인지 모르겠어요?"
로치의 물음에 주디의 눈빛은 금방 우울한 늪으로 빠져들었다. 로치는 순간, 수술을 담당했던 의사의 말이 불현듯 떠올랐다.
뇌에 손상을 입어 어떤 후유증이 나타날지 모른다는…

주디는 강도들에게 둔기로 머리를 얻어맞을 때의 충격으로 기억 상실증에 걸린 것이 분명한 듯 싶었다. 난감한 표정을 지으며 어쩔줄을 모르고 있는데 주디가 다시 물었다.

"난 누구죠? 내가 여기에 왜 누워있는 거죠?"

'기억 안나요? 당신은 어제 강도들이 휘두른 둔기에 머리를 맞고는 그만 정신을 잃어버렸는데… 그래서 제가 당신을 병원으로 이렇게 옮겨 놓은 것이고요."

"내가 강도들에게 얻어 맞았다고요? 난 아무것도 기억나는 것이 없는데, 내가 누구인지, 당신이 누군인지, 내가 여기에 왜 누워있는지 조차… 아무것도…."

주디가 괴로운 듯 자신의 얼굴을 두손으로 감싸쥐려할 때였다. 담당의사가 간호사들과 함께 병실 안으로 들어왔다.

"남편께서 오셨군요. 그러지 않아도 몇가지 당부의 말씀을 드릴려고 했는데 마침 잘 오셨군요."

담당의사는 전날 수술실 앞에서 초조하게 기다리고 있던 로치를 주디의 남편으로 착각하고 있는 것이 분명했다. 아무것도 모르는 주디는 의사의 말을 듣는 순간 로치의 얼굴을 뚫어지게 쳐다보며 더듬더듬 입을 열었다.

"그럼 다… 당신이 내 남편…."

로치가 당혹스러운 표정을 지으며 어찌할바를 몰라할 때였다. 의사가 다시 나섰다.

"이런 경우는 극히 드문 경우인데 사고때의 충격으로

부인께서는 안타깝게도 예전의 기억들을 모두 상실해 버렸습니다. 예전의 기억을 다시 되찾으려면 남편되시는 분이 옆에서 많이 도와주셔야 할 것입니다."

얼떨결에 기억 상실증에 걸린 주디의 남편으로 둔갑되어져 버린 로치는 한동안 말을 잃은채 멍한 상태로 우두커니 서 있기만 했다. 모든 것을 사실대로 털어놓는다는 것도, 그렇다고 언제까지 주디의 가짜남편 행세를 계속할수도 없는 노릇이었다.

로치는 일단 주디가 병원에 입원해 있는 동안만이라도 마음의 안정을 찾아주기 위해 그녀의 가짜남편 행세를 하기로 했다. 섣불리 모든것을 사실대로 털어놓게 되면 그녀에게 오히려 더 큰 혼돈만 가중 시키는 결과가 나올것만 같았기 때문이었다.

"내일 다시 찾아오리다. 그럼…."

마음의 결심을 굳힌 로치는 다음날부터 주디의 가짜 남편 역할을 훌륭하게 해 나갔다.

식사도 대신 먹여주고 아름다운 시(詩)도 읽어주고 유쾌한 농담도 가끔씩 던져주며 그녀가 한시라도 빨리 예전의 기억을 되찾을수 있도록 최선을 다해 도와 주었다.

이런 로치의 노력 때문이었는지는 몰라도 한동안 어떤 알수 없는 불안감에 잠조차 제대로 이루지 못하던 주디는 점차 마음의 안정을 찾아갔다.

굳게 닫혀있던 마음의 벽이 서서히 열리면서 사리사욕

으로 가득찼던 눈동자는 어느덧 티끌 하나없는 아기의 맑고 순수한 눈빛으로 바뀌어져갔고 남을 무시하고 업신여기던 입술에서는 아름다운 노래가 흘러나오기 시작했다. 또한 얼음장처럼 차갑기만 하던 가슴에는 봄날의 따사로운 햇살같은 사랑이 조용히 깃들기 시작했다.

주디가 예정일보다 일주일 정도 먼저 퇴원하게 되던 어느날이었다. 사랑하는 사람과 함께 살았던 보금자리로 돌아간다는 사실에 주디는 아침부터 한껏 들떠 있었지만 로치의 얼굴은 이와 정반대로 왠지 모를 먹구름만 잔뜩 드리워져 있었다.

"여보 난 오늘 정말 퇴원하는거 맞아요?"

"으응, 그… 그래."

"당신은 내가 퇴원하는게 기쁘지 않아요?"

"기뻐. 아주 많이…."

"그런데 왜 화난 사람처럼 그렇게 인상을 잔득 찌푸리고 있는거죠? 무슨 안좋은 일이라도 있어요?"

"으응… 그건…."

주디가 퇴원한다는 것이 곧 이별을 의미한다는 것을 그 누구보다도 잘 알고 있는 로치는 하루 온종일 침울한 표정만 짓고 있었다.

"여기가 당신 집이야. 어서 들어가봐."

주디가 살던 빌라앞에 차를 정차 시킨 로치가 담담한 표정을 지으며 이렇게 짤막하게 말하자 한껏 기분이 들떠있던 주디가 의아한 표정을 지으며 물었다.

"당신은요?"

"난 바쁜 일이 좀 있어서…."

"아무리 그래도 그렇죠. 어떻게 집에 들어가보지도 않고 그냥 나가버릴수 있어요. 더구나 오늘은 내가 병원에서 퇴원한 첫날인데…."

"그게 사실은…."

"그러지 말고 일단 나랑 같이 들어가요."

주디는 더 이상 말할 기회도 주지 않은채 낚아채듯 로치의 한쪽 팔을 끌고 빌라안으로 들어갔다. 며칠전에 로치가 먼저와서 깨끗하게 청소를 해놓은 탓에 주디가 살던 빌라 내부는 강도가 들기전과 크게 달라진 것은 없었다.

주디는 신기한 표정을 지으며 집안 내부를 쓰윽 한 번 훑어보았다. 값나가는 물건도 거의 없었고 요란하거나 화려한 장식품도 전무하다시피 했다. 굳이 특이한 점을 찾으라면 집안에 있는 대부분의 물건들이 온통 암갈색으로 치장되어 있다는 것과 지나칠 정도로 깔끔하게 잘 정돈 되어져 있다는 것뿐이었다.

주디는 혹시라도 자신의 옛기억을 떠올리는데 도움이 될만한 것들이 없나해서 집안 내부를 일일이 살피기 시작했다. 서랍장을 열어보기도 하고 화장대 위에 있는 물건들을 어루만져 보기도 하고 방안에 걸려있는 그림들을 유심히 바라보기도 하고….

그러는 사이 로치는 거실 한켠에 있는 소파에 몸을 기

댄채 초조한 눈빛으로 연신 담배만 빨아대고 있었다. 행여라도 주디가 옛기억을 되찾게 되면 모든 것이 단번에 들통나게 될 것이고, 그러면 주디가 끔찍이도 사랑하는 남편에서 순식간에 사기꾼으로 그 위치가 뒤바뀔 처지에 놓여있었기 때문이었다.

"여보!"

안방으로 들어갔다 다시 거실로 나온 주디가 의아한 표정을 지으며 대뜸 자신의 이름을 부르자 로치는 도둑질하다 들킨 사람처럼 화들짝 놀라며 대답했다.

"왜… 내게 물어볼 말이라도 있는거요?"

"참 이상해요."

"뭐가요?"

"당신과 내가 부부 사이면 결혼 사진이 단 한 장이라도 걸려있어야 정상인데 이상하게 아무리 찾아봐도 나 혼자 찍은 사진들 밖에는 없어요. 그리고 당신과 내가 여기에서 계속 같이 살았다면 당신이 사용하던 로션이나 넥타이, 혹은 구두, 옷가지, 면도기 같은 물건들이 하나라도 보여야 할텐데 이상하게 내가 쓰던 물건들 밖에 보이지 않아요."

"그, 그건…."

로치는 당혹스러운 표정을 지으며 잠시 주춤하다가 갑자기 태도를 바꿔 건조하고 차가운 목소리로 버럭 고함을 질렀다.

"당신 지금 그걸 몰라서 묻는거요?"

항상 부드러운 어조와 상냥한 목소리로 대해주던 로치가 갑자기 냉엄한 표정을 지으며 버럭 고함을 지르자 주디는 자신도 모르게 어깨를 한껏 움츠렸다.
"당신과 난 지금 별거중이란 말이오. 결혼 사진들은 당신이 홧김에 다 불태워버려서 하나도 남은 것이 없는 것이고…."
"우리가 현재 별거중이라고요? 당신과 난 단 하루도 떨어져 지낼수 없을 정도로 서로를 끔찍이도 사랑하고 아껴주는 그런 사이인데… 어떻게 그런 일이…."
주디는 못믿겠다는 표정을 지으며 힘없이 고개를 떨구었다. 방금전까지만 해도 갓 결혼한 신부처럼 이 세상에서 가장 행복한 표정을 짓고 있던 주디의 얼굴은 갑자기 침울한 빛으로 물들어 버렸다.
"당신은 이 세상에서 가장 이기적인 여자였소. 오직 자신과 돈밖에는 몰랐었지, 단 한 번도 남의 입장을 헤아려 주거나 아량을 베풀어 본적이 없었단 말이요.
모든 것을 자신의 뜻대로만 하려 했고 자신의 뜻에 거슬리는 말이나 행동을 하는 사람들은 철처하게 무시하고 짓밟아 버렸었지. 설령 그 대상이 당신의 남편이라 할지라도…."
주디는 못믿겠다는 표정을 지으며 고개를 절래절래 흔들었다.
"내, 내가 정말 그런 여자였었나요?"
"당신이 지금 상상하고 있는 것보다 훨씬 더 못된 여

자였소. 내말이 거짓말 같으면 주위를 한 번 둘러봐요. 당신은 그동안 항상 선글라스를 착용하고 다녔소. 사람들과 눈이 마주치는 것을 당신은 지독히도 두려워 했었지. 그래서 커튼도 벽지도 화장대도 온통 암갈색으로만 치장한 것이오. 난 화사한 파스텔톤이 좋은데 당신은 내 생각이나 의견따위는 철저히 무시한채 오직 당신이 좋아하는 암갈색으로만 집안을 도배하지 않았소. 어떻게 이런 곳에서 당신과 함께 살수 있단 말이오?"

로치의 말이 채 끝나기도 전에 주디의 두 눈에서는 하얀 눈물이 비오듯 쏟아져 내렸다.

예전의 자신이 그렇게 못된 여자였으리라고는 감히 상상하지도, 상상할수도 없다는 표정이었다.

로치는 기억 상실증에 걸려 괴로워 하고 있는 주디에게 너무 심한 말을 하지 않았나 싶어 왠지 모를 자책감이 들기도 했지만 헤어짐을 정당화하기 위해서는 어쩔수 없다며 자신의 행동을 애써 자위했다.

로치가 주디의 집에서 나온지 일주일 정도 지났을 때였다.

식료품 가게에 앉아 이런저런 생각, 그러니까 주디가 그동안 어떻게 살아가고 있는지, 몸 상태는 괜찮은지, 혹시라도 잃어버렸던 기억을 되찾은 것은 아닌지 따위의 생각들을 하고 있는데 전화 한통화가 불현듯 걸려왔다.

"여, 여보세요. 저 주디에요."

주디라는 말에 로치는 굳어진 미간을 펴서 웃으려고 애썼다.

"다, 당신이 웬일로?"

흥분된 가슴을 애써 진정 시키려고 노력했지만 로치의 목소리는 심하게 떨리고 있었다. 전화선을 타고 들려오는 주디의 목소리 역시 긴장하고 있기는 마찬가지였다.

"오늘 바쁜일이 없으면 집에 좀 오실수 있어요?"

"집에는 왜?"

"당신께 보여 드리고 싶은 것이 있어서 그래요. 그럼 기다리고 있을게요."

황급히 전화를 끊어버리기는 했지만 주디의 목소리는 한없이 부드럽고 상냥하기만 했다.

로치는 오후 내내 고민을 하다 자정이 거의 가까워졌을 무렵 가게문을 닫고 주디의 집을 방문했다. 철옹성처럼 2중 3중으로 늘상 잠겨있던 주디의 집 현관문은 비스듬이 열려있었다. 로치가 방문할 것을 확신하고 주디가 미리 문을 열어놓은 것이 분명했다.

"어서 오세요!"

로치가 현관문을 열고 안으로 들어가자 주디가 반갑게 맞이했다. 은은한 불빛이 새어 나오고 있는 가운데 촛불 하나가 켜져있는 3단 케익이 제일 먼저 시야에 들어왔다. 그리고 그 옆으로는 마치 동화속에나 나올법한 공주 하나가 눈이 부시도록 아름답고 황홀한 모습으로 다소곳이 서 있었다.

"꼭 와 주실줄 알았어요. 그렇게 우두커니 서 있지 말고 어서 이리로 오세요. "
주디는 살포시 웃으며 로치를 자신이 앉아있던 맞은편 의자로 안내했다. 그러나 오랜만에 자리를 같이한 탓인지 두 사람 사이에는 잠시동안의 침묵이 흘렀다.
"그래, 무슨일로 나를…."
로치가 먼저 침묵을 깨자 주디는 짙은 음영이 드리워진 얼굴로 조용히 입을 열었다.
"앞으로는 무조건 당신의 뜻에 따르겠어요. 그것이 설령 옳든 그르든 당신이 하시고자 하는 일이라면 무조건 믿고 따를게요.
예전에 제가 잘못한 것이 있으면, 내가 당신의 마음을 아프게하고 속상하게 했던 것들이 있으면 부디 너그러이 용서하시고 이젠 저와 함께 이집에서 같이 살아요. 당신과 헤어져 지낸 1주일동안 전 아무것도 할 수가 없었어요. 그저 눈물을 흘리며 당신처럼 좋은 사람을 가슴 아프게 했었던 지난날의 나 자신을 원망하고 자책할 뿐이었어요. 당신이 내게 얼마나 소중하고 귀한 존재인지 바보처럼 이제서야 깨달았나 봐요. 여보, 부디 절 용서하시고 이젠…."
주디는 가슴이 미어지는지 더 이상 말을 잇지 못한채 작고 얇은 입술을 파르르 떨기만 했다.
"주, 주디!"
혀를 내밀어 마른 입술을 훔치던 주디가 다시 입을 열

었다.

"당신은 정말 좋은 사람이에요. 당신같이 좋은 사람에게 버림을 받는다면 제 인생은 아무런 의미가 없을 거에요. 제가 가엾게 생각되신다면 부디 절 이대로 혼자 내버려 두지 마세요. 제발…."

로치는 손수건을 꺼내 주디의 얼굴에 촉촉히 묻어있는 눈물을 닦아주며 방금전과는 사뭇다른 한없이 다정한 목소리로 속삭이듯 나즈막히 말했다.

"그래요. 이제부터 당신과 나, 지난 시절의 기억들은 모두 떨쳐버리고 앞으로는 이 세상 모든 사람들이 부러워할 그런 아름다운 사랑만을 하기로 해요. 오직 사랑 하나만이 전부가 되는 그런…."

로치와 주디는 누가 뭐라 말할것 없이 동시에 서로를 끌어안았다. 그리고는 머리칼을 부비며 이 세상에서 가장 달콤하고 열정적인 사랑의 키스를 한동안 나누었다.

"처음부터 다시 시작한다는 의미에서 초를 하나만 꽂았어요. 내년에는 두 개의 초를, 그 다음해에는 세 개의 초를 계속 꽂아나갈수 있었으면 좋겠어요. 그렇게 우리의 사랑이 성숙해 갈수만 있다면 전 더 이상 바랄것이 없어요. 정말로 더 이상은…."

촛불이 꺼지고 방안의 불이 환하게 켜졌을 때였다.

로치는 자신의 눈을 믿지 못하겠다는 표정을 지으며 주디의 얼굴을 빤히 쳐다보았다.

불과 일주일전만 하더라도 온통 암갈색으로 치장되어

졌던 실내 장식품들이 어느새 파스텔톤으로 전부 바뀌어져 있었기 때문이었다.

"당신을 위해 모든 것을 다 바꿔버렸어요. 실내 장식품만 아니라 저 자신까지도, 당신 마음에 드실지 모르겠네요?"

"무… 물론이요. 너무나 마음에 들어요…."

주디가 입고있는 옷 역시도 자세히 보니 파스텔톤의 짧은 스커트에 파스텔톤 스웨터를 입고 있었다. 로치는 아직 다 흘러내리지 못한 눈물이 맑게 눈 속에 고여있는 주디를 빤히 쳐다보다가 얼굴 가득 미소를 머금으며 말했다.

"당신의 여린 가슴에 또 하나의 못을 박는 일은 없을 거요. 다시는…."

둘은 그후 지금까지의 우울한 그림자를 벗어던지고 한동안 터질듯한 행복에 취해 살았다. 그러나 그것은 어디까지나 실루엣같은 한순간의 행복이었다. 곧 다가올 주디의 생일날 선물로 주기위해 로치가 두 사람의 행복한 순간들을 '신혼일기'라는 제목하에 매일같이 가정용 홈 비디오로 찍어두곤 했었는데 이것이 그만 화근이 되어 버렸다. 가정용 홈비디오로 '신혼일기' 마지막 장면을 찍던 어느날이었다.

"아, 주디님은 이 세상에서 제일 무서운 것이 무엇인가요?"

"저는 로치라는 남자가 제일 무서운데요."

"아니, 그렇게 귀엽고 앙증맞게 생긴 로치의 어디가 그렇게 무섭다는 겁니까?"

"다른 것은 다 괜찮은데 밤마다 너무 코를 크게 곯아서 제가 제대로 잠을 잘수가 없기 때문입니다."

"이크! 이런 엉터리가…."

"그러시는 로치님은 이 세상에서 제일 무서운 것이 무엇입니까?"

"전 무서운 것이 하나도 없습니다. 주디라는 바보같은 여자만 있으면 전 아무것도 무섭거나 두려운 것이 없습니다."

"그러지 말고 딱 한가지만 말씀해 보십시오."

"굳이 대라면 그건 지금 제 옆에 있는 주디님이 예전의 기억을 되찾는 것입니다. 그러면…."

대화가 중단되고 잠시동안 무거운 침묵이 흘렀다. 이때였다. 어색한 분위기를 바꾸기 위해 로치가 장난을 치려는 순간 주디가 그만 침대 아래로 굴러 떨어졌다. 로치는 아차싶은 생각에 다급히 주디를 일으켜 세웠다. 그러나 주디의 눈빛은 이미 따스한 빛을 발하던 방금전의 그 눈빛이 아니었다. 로치는 순간적으로 주디가 예전의 그녀로 다시 되돌아갔다는 것을 알수가 있었다.

함께 지내는 동안 내내 그녀의 기억이 되살아날까봐 은근히 가슴을 조이며 살았었는데 그것이 현실로 일어난 것이다.

로치는 그동안 주디 몰래 의학서적을 뒤져보기도 하였

고 의사를 찾아가 자문을 구해보기도 했다.

심한 충격을 받으면 예전의 기억을 되찾을수도 있다는 말에 집안에 있는 물건들중에서 단단하고 딱딱한 물건들은 될 수 있는한 눈에 잘 띄지않는 곳으로 모두 치워버리고 집에 같이 있을 때는 만약의 사고를 대비하여 늘상 주디 곁에 거의 붙어있다시피 했었다.

이런 노력들 덕분에 다행히 그동안 큰 사고는 발생하지 않았지만 아주 사사로운 일(주디가 식탁에서 넘어지거나 침대위에서 떨어지거나 접시를 바닥에 떨어뜨리거나 하는 일 따위) 때문에 가슴이 철렁했던 것만해도 한두번이 아닐 정도였다. 그런데 전혀 예상치 않은 상황에서 불시에 사고가 발생한 것이다.

"다, 당신이 여기는 왜, 아아악…."

예전의 기억을 되찾은 주디는 잠옷 차림의 로치를 보는 순간 기겁을 하며 자지러지게 비명을 질렀다.

"당신이 어째서 내방에 들어와 있는거지? 그것도 잠옷 차림으로…."

주디의 눈에는 로치가 더 이상 사랑하는 남편이 아니었다. 그저 자신의 건물에서 세들어 사는 수많은 사내중의 한명으로만 보였을 뿐이었다.

로치는 그 어떤 말도 할 수가 없었다. 그동안 일어났었던 일들을 일일이 설명하기에는 너무도 많은 시간들이 필요했기 때문이었다.

"나가, 어서 썩 나가지 못해! 이 나쁜놈아!"

주디의 눈빛은 차디찬 환멸과 적개심으로 불타고 있었다. 얼굴이 복잡한 그림자로 뒤엉켜져 있던 로치는 아무런 감정이 배어 있지 않은 목소리로 나즈막히 말했다.

"나 역시도 예전의 당신과는 같이 있고 싶은 생각이 없소. 떠나 드리지요. 당신이 떠나지 말라고 애원해도 내 기꺼이 떠나 드리지요. 그럼…."

목구멍으로 치밀어오르는 어떤 격정을 겨우 누르며 무척이나 침착하고 이성적인 태도를 유지하려 했지만 로치의 얼굴은 어느새 기나긴 여정에서 잠시 쉬어가는 나그네처럼 몹시 지쳐있었다.

겉으로는 태연한척 했지만 사실은 솟아오르는 두려움을 감지하고 있기라도 하듯…

로치를 자신의 집에서 내쫓아버린 주디는 다음날부터 예전의 그녀로 다시 되돌아갔다.

집안을 온통 암갈색으로 다시 치장하는 것은 물론이고 그동안 벗고 있었던 선글라스도 다시 착용했다. 또한 길게 늘어 뜨렸던 머리카락도 다시 정갈하게 동여맸다. 그리고 로치가 그동안 사용하던 면도기와 로션, 그가 미쳐 가지고 나가지 못한 옷가지들과 구두, 책, 필기도구, 양말 같은 잡다한 물건들을 한데 모아 쓰레기 통에 모두 쳐 넣어버렸다.

주디의 집에서 로치의 흔적을 찾는다는 것은 이제 거의 불가능하게 되어버렸다. 그런데 시간이 지나면서 주디의 신상에 이상한 일들이 일어나기 시작했다.
잠자리에 들기전에 자신도 모르게 베개 두 개를 나란히 놓아두기도 하고 아침 식사를 준비하다가 식탁 맞은편에 마치 누군가와 같이 식사를 할 때처럼 그릇을 갖다 놓기고 하고 잠시 외출을 했다가 집으로 들어올때면 마치 집안에 누가 있기라도 하듯 벨을 누르기도 했다.
비단 이뿐만이 아니다. TV와 비디오를 보다가 재미있는 장면이 나오면 마치 자기 옆에 누군가가 있는 것처럼 무의식 중에 말을 걸기도 하고 잠결에 화장실에 가다가 베란다 문이 열려 있으면 '자기야. 자다말고 또 담배 피워?' 라고 혼잣말처럼 중얼거리기도 했다.
처음에는 이를 무시해 버리려고 했지만 시간이 흐를수록 그 정도가 점점 심해져 자욱한 연기가 주위를 가득 메우고 있는 것처럼 기분이 묘해져 잠조차 제대로 이룰 수가 없게 되었다.
그러던 어느날이었다.
주디는 우연히 가정용 홈비디오를 메만지다가 '신혼일기 1' 이라고 매직펜으로 굵게 쓰여져 있는 비디오 테이프 하나를 발견하게 되었다.
주디는 혹시나하는 생각에 비디오 테이프를 처음부터 돌려보기 시작했다.
"안녕하세요. 그럼 지금부터 우리 두 사람만의 사랑이야기를 비디오로 찍도록 하겠습니다. 전 로치이며 제 옆에 있는 아리따운 여자는 늘상 봄꽃같은 풋풋함이 느껴지는 저의 아내 주디라고 합니다.

우리는 서로를 끔찍이도 사랑하고 또 아껴주는 그런 사이랍니다….”

비디오 테잎은 잠옷 차림의 두 남녀가 침대에 나란히 앉아 고정 시켜 놓은 비디오 앵글을 쳐다보며 엉성하게 이야기를 주고받는 것으로 시작되었다.

주디는 테잎을 빠른 속도로 돌리면서 중간 중간의 내용을 잠깐씩 들여다 보았다.

너무도 행복해 보이는 두 남녀가 침대위에 함께 뒤엉켜 장난을 치는 장면, 서로에게 짖궂은 질문을 던지며 큰소리로 웃는 장면, 진한 키스를 주고받는 장면, 음식을 가운데다 놓고 하나라도 더 먹기 위해 쟁탈전을 벌이는 장면, 심각하게 마주앉아 눈싸움을 하는 장면 등등이 계속해서 이어졌다. 주디로서는 그저 모든 장면이 낯설게만 느껴졌다.

비디오 화면속에 나오는 여자는 분명 자신이 틀림없었지만 마치 아름다운 한편의 멜로 영화나 드라마에 나오는 여주인공을 보고 있는듯한 착각에 빠져들 정도였다.

사랑으로 가득찬 맑고 해맑은 두눈, 어깨까지 내려온 치렁치렁한 갈색 머리, 웃음꽃이 쉴새없이 피어나오는 입술, 그리고 무엇 보다도 행복에 겨워 어쩔줄 모르는 모습들….

거울속에서 보았던 자신의 모습과는 달라도 너무 판이하게 달랐다.

주디는 비디오 테잎을 몇번이고 계속해서 돌려보았다. 그러자 처음에는 전혀 낯설게만 느껴지던 화면들이 시간이 지나면서 점차 또렷한 형상으로 되살아나기 시작했다.

밤새 비디오 테잎을 보던 주디는 다음날 아침이 되었을 때 어떤 알 수 없는 설움에 북받쳐 침대위에 얼굴을 묻은채 엉엉 소리내어 울기 시작했다. 그렇게 점심나절이 지날때까지 계속 울기만 했다. 한편 로치는….

크리스마스를 불과 사흘밖에 안남겨 놓은 탓인지 거리는 온통 축제 분위기였다. 여기저기서 캐롤송이 흥겹게 울려퍼지고 있는 가운데 로치는 야채를 가득 실은 트럭을 몰고 아파트 단지가 밀집되어 있는 곳으로 향했다.

"야채를 아주 싼 가격에 팔고 있습니다. 자, 모두 나와서 한 번 구경들 해보세요. 자, 싱싱하고 값싼 야채가 왔습니다…."

로치가 확성기를 꺼내 제법 익숙한 솜씨로 힘차게 소리를 지르자 아파트 주민들이 하나 둘씩 밖으로 나오기 시작했다. 로치의 목소리를 듣고 트럭 주위로 몰려드는 사람들은 거의 대부분이 단골 손님들이었다.

트럭 주위는 순식간에 야채를 고르려는 사람과 흥정하려는 사람들이 한데 뒤엉켜 시장 바닥처럼 시끌벅적 해졌다.

장사는 생각했던 것보다 훨씬 더 잘됐다. 저녁 무렵이 거의다 되자 트럭안에 가득차 있던 야채들은 어느새 모두 동이나버렸다.

빈 트럭을 끌고 아파트 입구에서 빠져나오는 로치의 입에서는 모처럼만에 콧노래가 저절로 흘러나왔다.

"가만, 지금이 몇시더라?"

시계가 6시를 가리키자 로치는 재빨리 라디오 전원 버튼을 눌렀다. 보통 사람들이 살아가는 감동적인 이야기를 사연과 함께 소개시켜주는 프로그램으로 근 십여년 동안 습관적으로 매일같이 들어왔었기 때문이었다. 노래가 끝나자 아나운서의 낭낭한 목소리가 전파를 타고 흘러나왔다.

"오늘은 아주 특별한 사연 하나부터 소개시켜 드릴까 합니다. 얼마전에 저희 방송사로 편지가 아닌 '신혼일기2' 라는 테잎 하나가 우송되어져 왔습니다. 테잎을 보낸분은 주디라는 여자분이신데 저를 비롯한 작가, PD, 그외 스태프들 모두는 이 테잎을 듣고 모두 감동의 눈물을 흘렸습니다. 이제 시청자 여러분에게도 그 감동을 같이 나눌까 합니다."

아나운서의 짧은 멘트가 끝나자 잠시후 로치에게 아주 낯익은 음성이 조용히 흘러나오기 시작했다.

"로치, 정말 미안해요. 당신같이 좋은 사람의 마음을 아프게 해서 너무…너무… 미안해요.

바보처럼 이제서야 알게 되었어요. 당신이 내게 얼마나 소중한 존재인지, 당신과 함께 했었던 지난날들이 그 얼마나 의미있고 가치 있었는지를….

만약 당신이 절 용서하시고 다시 제게 돌아오신다면… 그땐… 그땐….”

테잎은 잠시 끊어졌다가 다시 돌아가기 시작했다.

“당신을 제게 보내주신 것만도 너무 감사한데… 너무 감사해서 죽는날까지 그 빚 다 갚기에도 벅찬데… 하나님은… 제게 당신의 분신을 잉태할수 있는 기쁨까지 덤으로 주셨어요.

어떻게, 어떻게… 나같이 못된 여자에게 이다지도 큰 선물을 주셨는지….

그동안 제가 자행한 행동들만 생각하면 차마 고개조차 들 수 없지만… 그래도 제겐 지금 당신이 필요해요. 당신의 도움이 꼭 필요해요. 그동안 지은 죄의 허물에서 벗어날 수 있도록, 그래서 아름다운 눈으로 남은 생애를 살아갈 수 있도록 당신이… 당신이… 도와 주세요. 앞으로 태어날 우리들의 아기를 위해서라도….

‘신혼일기3’ 는 당신과 나 그리고 곧 태어날 우리들의 아기 셋이서 함께 만들어 가고 싶어요. 그러니….”

로치의 눈가는 어느새 뜨거운 무엇으로 촉촉히 젖어가고 있었다.

“당신에게 주려고 그동안 틈틈히 만들어 오던 목도리를 며칠전에 비로소 완성을 했어요.

태어나서 처음으로 내가 아닌 다른 사람을 위해 만든거예요. 비록 뜨개질 솜씨가 서툴러서 여기저기 엉성한 구석이 많지만 그래도 제게는 수십만, 수백만 달러하는 고급옷 보다도 더 값지고 의미있는 옷이랍니다. 왜냐하면 이 목도리는 내가 줄곧 당신만을 생각하면서 만든 것이니까요. 당신을 향한 제 사랑을 한올 한올 엮어서 만든, 제 눈물을 한방울 두방울 모아서 만든, 이 세상에 오직 하나밖에 없는 목도리이기 때문입니다.

이 목도리의 주인을 한시라도 빨리 찾아주고 싶어요. 이 겨울이 다 가기전에 이 목도리의 주인이 제앞에 우뚝 나타나 주신다면, 그래서 그분의 목에 이 목도리를 내 손으로 직접 둘러줄수 있는 기회가 주어진다면 아, 얼마나 좋을까요, 아, 그 얼마나 행복할까요… 바보처럼 왜 자꾸만 이런 생각들이 간절하게 드는지….

이밤, 당신이… 당신이… 보고 싶어요. 미치도록, 이 목도리의 주인이신 당신이…."

크리스마스 이브날이 되자 고아원 아이들은 아침 일찍부터 한껏 들뜬 기분으로 모두 밖으로 나와 누군가를 애타게 기다리고 있었다.

매서운 바람 때문에 온몸이 꽁꽁들 얼어붙어 있었지만 그 누구 하나 따뜻한 난로가 있는 고아원 안으로 들어가려는 아이들은 없었다.

창밖으로 이를 지켜보던 로빈슨 신부님은 자리에도 앉지 못한채 초조한 기색으로 연신 안절부절 못하고 있었다. 아이들이 행여라도 감기에 걸리면 큰일이기 때문이었다.

"녀석들, 어쩜 저리도 좋아할까? 그런데 로치가 이번에도 와줄런지 모르겠군. 아직까지 전화 한통화 없는 것을 보면 이번에는 아무래도…."

비록 내색은 하지 않았지만 로빈슨 신부님은 은근히 걱정을 하고 있었다. 매년 크리스마스 이브날마다 선물 보따리를 한아름 들고 고아원을 방문하던 로치가 올해는 경제적으로 많은 어려움을 겪고 있다는 것을 그 누구 보다도 잘알고 있었기 때문이었다.

만약 로치가 이번에 고아원을 방문하지 않는다면 아침나절부터 매서운 강추위 속에서 그가 오기만을 눈이 빠지도록 기다리고 있는 아이들에게 무슨 변명의 말을 해줘야할런지 그저 막막하기만 했다.

"와, 산타 할아버지가 저기 온다!"

아이들의 함성소리가 울려퍼지자 로빈슨 신부님은 두 눈을 크게 치켜뜨며 창밖으로 다시 고개를 돌렸다. 선물을 가득 실은 트럭 한 대가 고아원 운동장 안으로 빠른 속력으로 달려오기 시작했다.

"로치 이 녀석 이번에도 와 주었구나?"

방금전까지만 하더라도 암울한 그림자에 덮혀있던 로빈슨 신부님의 눈빛에서는 섬광같은 것이 퍼뜩 번쩍였다.

로빈슨 신부님은 수녀님과 함께 트럭이 정차해 있는 운동장으로 다급하게 발걸음을 옮겼다.

산타크로스 할아버지가 트럭안에 가득 싣고온 선물을

아이들에게 분주하게 나누어주고 있었다.
그런데 특이한 것은 산타크로스 할아버지가 한명이 아닌 두명이라는 것이었다.
"한명은 로치가 분명할테고, 그럼 나머지 한명은 누구지?"
로빈슨 신부님은 고개를 갸웃뚱했다. 그동안은 늘상 로치 혼자서 산타크로스 분장을 하고 찾아왔었기 때문이었다.
"이런, 선물이 예전보다 서너배 가량은 더 많은 것 같군."
로빈슨 신부님이 유쾌하게 웃으며 다가가자 정신없이 선물을 나눠주던 산타크로스 하나가 경쾌한 음성으로 인사를 건넸다.
"로빈슨 신부님, 메리 크리스마스! 그리고 수녀님도…."
목소리의 주인공은 로치가 아닌 자동차 정비소를 운영하고 있는 몰리였다.
로빈슨 신부님은 전혀 뜻밖이라는 표정을 지으며 몰리 바로 옆에서 열심히 아이들에게 선물을 나누어 주고 있는 또다른 산타크로스를 힐끗 한 번 쳐다보았다. 그 역시 로치가 아니었다. 생전 처음보는 낯선 얼굴이었다.
트럭안에 가득 실려있던 선물들이 모두 주인을 찾아가자 로빈슨 신부님은 그제서야 비로소 다시 입을 열었다.

"이보게 몰리! 정작 찾아오리라 생각했던 로치는 안오고 생전 찾아오지 않던 자네가 여기는 왠일인가? 그리고 그 옆에 함께 오신분은 또 누구시고…."

선물을 받아든 아이들보다 더 기분좋은 표정을 짓고있던 몰리가 웃으며 대답했다.

"아, 그거요? 우선 두 분이 먼저 인사부터 나누시죠. 이쪽은 로치와 다음달에 식을 올리기로 이미 약속한 주디양입니다."

로빈슨 신부님은 로치의 애인이라는 말에 몹시 반가운 표정을 지으며 주디를 가볍게 포옹해 주었다. 그러자 옆에 서있던 수녀님도 각별한 눈빛으로 주디의 이마에 가볍게 키스를 해주었다.

"반가와요. 그런데 로치는…."

수녀님이 의아한 표정을 지으며 묻자 주디는 살포시 웃으며 말했다.

"어제 저녁때였어요. 로치씨와 제가 아이들에게 줄 선물을 사러가는데 추위와 배고픔으로 의식을 잃고 길가에 쓰러진 노인 한분이 계시더군요. 그래서 병원으로 데리고 갔는데 아직까지도 의식이 깨어나지 않아서 보호자가 나타날 때까지 로치씨가 대신 곁에서 돌보고 있는 중이에요."

"그래서 두분만 먼저 이리로 오시게 되었군요?"

"로치씨도 곧 올거에요."

로빈슨 신부님은 고개를 끄덕이면서 주디와 몰리의 양

쪽 팔을 끌어당기며 소리쳤다.

“자, 귀한 손님이 오셨는데 우리 그러지 말고 일단 안으로 들어갑시다.”

로빈슨 신부님은 주디와 몰리를 데리고 안으로 들어갔다. 그리고는 언몸을 녹이라면서 따뜻한 차를 한잔씩 내주었다.

“몰리 자네가 이곳을 다 찾아오다니 정말 뜻밖이야! 아무튼 이번 성탄절은 정말 의미있고 뜻깊은 날인것 같아. 귀한 손님들이 이렇게 많이 찾아와 주셨으니까 말일세.”

로빈슨 신부님이 흐뭇한 미소를 지어보이자 하얀 연기가 폴폴 풍겨나오는 뜨거운 차를 입안에 갖다대던 몰리가 조금 머쓱해진 표정을 지으며 말했다.

“저어, 이런 말씀드리기가 좀 뭣하지만 사실은 어제밤에 로치에게서 한통의 전화가 걸려 왔습니다. 제가 얼마전에 사업하다가 진 빚 10만 달러를 대신 갚아줄테니 저더러 오늘 하루만 이곳으로 가서 아이들과 즐겁게 놀아주라고 하더군요.

썩 마음이 내키지는 않았지만 하루 좀 고생하면 10만 달러라는 거금이 생기는데 하는 생각으로 흔쾌히 그러겠노라고 대답했었죠.”

“로치에게 그 많은 돈이 어디있어서?”

“지금 제 옆에 계신 주디씨가 대신 갚아줄 것이라고 하더군요.”

"오호, 그래. 젊은 아가씨가 돈이 참 많은가 보군, 그래?"

주디는 마치 죄라도 지은 듯 고개를 떨구며 말했다.

"부모님께서 물려주신 약간의 재산이 있습니다."

"그래요? 그럼 우리 고아원 후원자가 좀 되어주시구려. 요즘 고아원 재정형편이 워낙 안좋아서요."

"사실은 제가 이곳을 방문한 것도 그 문제 때문에 찾아온 거예요."

주디는 하던 말을 잠시 중단하더니 가방에서 통장 하나를 꺼내 로빈슨 신부님 앞에다 살짝 밀쳐놓았다.

"이게 뭐죠?"

"저의 전 재산입니다. 신부님이 알아서 좋은일에 쓰도록 하세요."

무심결에 통장을 펼치던 로빈슨 신부님의 얼굴은 순식간에 푸른빛에 가까울 정도로 창백해졌다.

통장 안에는 자신이 지금까지 보도 듣지도 못한 엄청난 액수의 돈이 입금되어져 있었기 때문이었다.

"아, 아니 이 많은 돈을 전부…."

"물론입니다. 예전에 로치씨와 잠시 헤어져 지낸적이 있었습니다. 전 그때 하나님과 약속 한가지를 했습니다. 그건 다름이 아니라 로치씨만 제게 다시 돌아올수 있게 해주신다면 제가 가지고 있는 전 재산을 가난하고 어려운 이웃들을 위해 모두 내놓겠다고 말입니다.

하나님은 저의 소원을 들어주셨고 전 약속했던 대로

이 돈을 기쁜 맘으로 이렇게 내놓는 것입니다. 전 그동안의 짧은 경험을 통해 이 세상에는 돈 보다 훨씬 더 값지고 귀한것들이 훨씬 더 많이 있다는 사실을 깨닫게 되었습니다. 만약 제가 하나님과의 약속을 저버린다면 하나님은 또다시 로치씨를 제게서 빼앗아 갈 것입니다. 아무짝에도 쓸모가 없는 하찮은 돈 때문에 어렵사리 다시 찾은 제 사랑을 잃어버리고 싶은 생각은 추호도 없습니다.

사랑하는 사람이 지금 제곁에 있다는 그 자체만으로도 전 이미 이 세상에서 가장 큰 부자인데 더 이상 무얼 바라겠습니까. 전 돈 많은 여자라는 소리보다 사랑받는 여자라는 소리가 더 듣고 싶습니다. 그러니 부디 거두어 주십시오. 그래서 이돈을 꼭 필요한 사람들을 위해 값지게 써주세요."

로빈슨 신부님이 선뜻 대답을 하지 못하자 몰리가 미소를 지으며 나섰다.

"주디씨의 착한 맘씨를 생각해서라도 부디 거두어 주세요. 비록 돈을 받아낼 욕심으로 여기까지 오기는 했지만 이젠 저 역시도 주디씨의 마음을 진심으로 헤아릴 수 있게 되었습니다. 이곳에 오기전까지만 하더라도 솔직히 많이 귀찮고 짜증이 났었습니다. 그런데 아이들에게 선물을 나누어주다 보니 생각이 바뀌더군요.

선물을 받고 이 세상을 다 얻은 것처럼 좋아하는 아이들의 얼굴을 보니 이상하게 제 기분이 더 좋아졌습니다. 돈을 아무리 많이 벌때도 그렇게 기분이 좋았던 적은 일찍이 없었습니다. 뭐랄까. 정확히는 표현하기 어렵지만 마음이 한없이 뿌듯해지면서도 행복해지는, 그러면서도 텅빈 가슴이 따사로운 무엇인가로 꽉꽉 채워지는 듯한 짜릿함과 벅찬 기쁨이 한없이 밀려드는 뭐 그런 기분이었습니다. 그 좋은 기분이란 제가 여지껏 느껴왔던 기존의 감정들과는 전혀 차원이 다른 것이었습니다. 그제서야 비로소 로치가 왜 자기대신 절 이곳에 먼저 보냈는지 그 이유를 알겠더군요. 단순히 돈 10만 달러를 제게 주기 위해서가 아니라 그 보다 훨씬 귀한, 그러니까 그동안 자신이 느꼈던 그 벅찬 기쁨을 제게도 나누어 주려 했던 것입니다."

몰리의 말이 끝나자 이번에는 로빈슨 신부님이 조용히 입을 열었다.

"예전에 내가 로치에게 '매년 크리스마스 이브날마다 선물을 마련해 이렇게 찾아주니 정말 고맙네' 라고 말했던 적이 있었네.

그러자 로치는 손을 내저으며 내게 '아닙니다. 저는 오히려 제가 나눠준 선물을 받고 기뻐해주는 아이들이 더 고마운걸요. 신부님은 제가 아이들에게 일방적으로 선물을 나누어준다고 생각하지만 실제로는 제가 아이들에게 더 큰 선물을 받고 있는걸요. 비록 눈에는 보이지 않지만 그 선물은 제가 삶에 지쳐 허우적대거나 너무 힘이들고 고되어 금방이라도 쓰러지려 할 때 용기를 내어 다시 무엇인가를 할수있게 만드는 힘이 되어주죠.' 라고 대수롭지 않게 말하더군.

로치의 말대로 그것이 선물이든 사랑이든 받는 사람보다는 무엇인가를 자꾸 나누어주는 사람이 더 행복하다고 볼 수 있을지도 모르네. 줄때는 기쁨이 하나지만 그것이 자신한테 다시 돌아올때는 열배도 되고 백배도 될 수 있으니까… 때문에 이세상에서 가장 많은 이익을 남겨먹는 장사꾼은 바로 남에게 사랑을 베푸는 사람들이라고 할수 있지…."

로빈슨 신부님의 말이 막 끝났을 때였다.

아이들의 함성 소리가 일제히 울려 퍼지는 것과 거의 동시에 창밖으로 소담스런 눈이 마치 꽃송이를 풀어놓은 것처럼 화사하게 흩뿌리기 시작했다.

블랙 크리스마스가 될 것이라고 호언장담하던 기상청의 일기 예보가 보기좋게 빗나가는 순간이었다. 인형이며 장난감 로봇이며 과자 등을 양손에 움켜쥔 아이들이 일제히 환호성을 지르며 운동장 밖으로 뛰쳐나갈 때였다. 저 멀리에서 택시 한 대가 멈춰섰다. 그리고는 잠시 후, 철이 지나도 한참 지난 낡은 외투에 파스텔톤 목도리를 한 사내가 택시에서 내리는 모습이 보였다.

운동장에서 강아지처럼 폴짝거리며 뛰어놀던 아이들은 사내가 택시에서 내리는 것을 발견하고는 너나할것없이 우르르 그에게로 달려갔다.

사내는 자신에게로 달려오는 아이들을 향해 '메리 크

리스마스!' 연신 외쳐대며 그 큰 가슴으로 아이들을 다 받아들였다.

아이들이 산타크로스 할아버지라고 부르는 그 사내는 이 세상에서 가장 행복하고 넉넉한 웃음을 지어보이며 자신의 어깨위로 꼬마아이 하나를 번쩍 치켜들어 무등을 태웠다. 그리고는 이내 아이들과 어우러져 '화이트 크리스마스' 란 노래를 신나게 부르기 시작했다.

창밖으로 이를 지켜보던 로빈슨 신부님과 주디 그리고 몰리도 어느새 흐뭇한 미소를 지으며 아이들이 부르는 노래를 함께 따라 부르기 시작했다.

"꿈속에 보는 화이트 크리스마스…."

어머니와 3백엔

한겨울 강풍이 매섭게 몰아치던 어느 겨울날이었다.

친척집 결혼식에 참석했었던 어머니가 아무런 연락도 없이 요다의 하숙집에 찾아왔다.

가정 형편이 어려운데도 불구하고 아들을 보다 좋은 환경속에서 공부시키기 위해 동경으로 유학보낸 어머니는 그날 저녁 집으로 돌아가기에 앞서 요다를 데리고 하숙집 근처에 있는 통닭집으로 갔다.

통닭이라면 자다가도 벌떡 일어나는 아들에게 모처럼 만에 포식을 시켜주기 위해서였다.

주문한 통닭 한 마리가 나왔을 때였다. 어머니는 자신은 먹을 생각도 하지않은채 통닭을 보기좋게 잘라 계속 아들 앞에만 놓아 주었다.

"그러지 말고 어머니도 좀 드세요. 어머니도 저만큼이나 닭을 좋아 하시잖아요."

게걸스럽게 먹던 요다가 지나는 말로 이렇게 말하자 어머니는 마치 기다렸다는 듯이 손을 내저으며 말했다.

"결혼식장에서 먹은 음식이 아직 소화가 안돼서 그런지 아직도 속이 거북하구나. 그러니 너나 어여 많이 먹으려무나."

어머니는 통닭 한 마리가 거의 사라질때까지 당신은 한점도 먹지 않은채 아들이 맛나게 먹는 모습만을 흐뭇한 표정으로 계속 바라만 보고있었다.

"그만! 그만 좀 주세요. 정말이지 더 이상은 못 먹겠어요."

결국, 혁대까지 풀어헤치며 먹던 요다는 더 이상 먹는 것은 무리라는 모션을 취하며 두손을 번쩍 치켜들었다.

"좀 더 먹지 그래?"

"어휴, 배가 너무 불러서 더는 도저히 못먹겠어요. 어머니 이제 우리 그만 일어나요?"

"아직 고기가 많이 남았는데…."

어머니는 그제서야 비로소 남아있는 음식을 집어서 자

신의 입안으로 우걱우걱 밀어넣기 시작했다.

그러나 맛있는 부위는 요다가 이미 다 먹어버렸기 때문에 어머니 입안으로 들어가는 것은 날개죽지와 목 그리고 껍질 등이 고작이었다. 그래도 어머니는 무척이나 맛나게 먹었다.

잠시후, 어머니가 마치 청소라도 하듯 뼈조각만 달랑 남긴채 깨끗하게 해치워 버리자 요다가 투덜대듯 말했다.

"어머닌, 그렇게 잘 드실것이면 진작에 말씀하시지?"

"배고파서 그런게 아냐. 그냥 음식을 남기는 것이 아까워서 그런거지…."

허기를 느끼면서도 아들에게 한점의 고기라도 더 먹이기 위해 꾹 참고만 있었던 어머니는 요다에게 계속해서 핀잔을 들었지만 끝내 얼굴 한 번 붉히지 않았다.

"여기 얼맙니까?"

"천 이백엔입니다."

어머니가 통닭값을 막 계산하려고 할 때였다. 우연히 어머니의 지갑안을 들여다보던 요다의 가슴은 순간적으로 뜨끔해졌다.

어머니가 타고갈 기차는 자정이 넘어서야 고향역에 도착하기 때문에 시골집까지 들어가기 위해서는 택시를 타야만 하는데 그때 택시요금이 대략 1천엔 안팎이 나온다. 그런데 어머니의 지갑속에는 기차표와 천엔짜리 지폐 한 장 그리고 백엔짜리 지폐 석장만이 달랑 들어

있었다.

통닭값을 계산하면 어머니 지갑에 남는 돈은 고작 백엔과 동전 몇 개, 결국 어머니는 택시를 타고 가기 위해서 남겨놓았던 돈으로 요다에게 통닭을 사준 것이다.

살을 에이는 강추위속에서 15킬로미터가 넘는 캄캄한 거리를 혼자서 걸어가야 하는데도 불구하고….

'어머니 오늘 먹은 이 통닭, 영원히 못 잊을 거에요. 영원히….'

밖으로 나온 요다는 어머니를 기차역까지 배웅하면서 몇번이고 마음속으로 다짐했다. 이 다음에 반드시 성공해서 어머니가 좋아하는 통닭을 원없이 사드리겠노라고….

그러나 요다의 이런 생각은 처음부터 난관에 부딪쳤다. 어머니를 생각해서 악착같이 공부에만 매달렸는데도 불구하고 그해 대학시험에서 보기좋게 낙방을 해버린 것이다.

요다의 충격은 실로 엄청났다. 한동안 방황하던 요다는 어머니를 생각해서 직장을 구해야할지 아니면 대학시험에 재도전을 해야할지 심각한 고민에 빠지게 되었다. 그런데 이때 어머니는 과감하게 시골에 있는 집과 얼마되지 않는 땅을 처분해서 여동생과 함께 동경으로 올라왔다. 그리고는 요다가 계속 공부할수 있도록 재수학원에 등록시켜주고 당신은 생활비를 벌기위해 빌딩 청소부 일을 하기 시작했다. 몸이 허약하여 몇번이나 빌딩계단을 오르내리다 쓰러지기도 했지만 어머니는 요다를 뒷바라지하기 위해 군소리 한 번 하지않고 청소부 일을 계속해 나갔다.

어머니의 이런 지극정성 때문인지는 몰라도 요다의 성적은 날로 향상되었다.

"됐어요. 제가 어디 돈 쓸일이 있나요. 그러지 말고 그 돈으로 어머니 약이나 지어 드세요."

어머니는 요다가 학원에 다니기 시작할 무렵부터 매일같이 아들의 손에 3백엔씩을 쥐어 주었다.

도시락을 싸 가지고 다니기는 했지만 그것만으로는 한창 먹어야할 나이에 어딘지 모르게 부족할 것만 같았기 때문이었다. 어머니가 고생하는 것을 그 누구보다 잘 알고있는 요다는 그때마다 괜찮다고 거절했지만 어머니는 막무가내로 아들의 손에 3백엔을 쥐어주었다. 비록 얼마되지는 않지만 매일같이 아들의 손에 용돈을 쥐어주는 것이 어머니에게는 그 무엇과도 바꿀 수 없는 크나큰 낙이 되어버린 것이다.

"얻어 먹지만 말고 친구들에게 가끔씩은 네가 먼저 맛있는 것 좀 사주고 그래라. 알았지?"

어머니는 당신의 아들이 가난하다는 이유 때문에 행여라도 친구들 앞에서 주눅이라도 들까봐 염려하고 있었던 것이다.

요다는 어머니의 이런 뜻깊은 사랑에 감동받을 때마다 지금 당장은 어머니를 위해 아무것도 해줄수가 없지만

'이 다음에, 이 다음에 내가 성공하면…' 만을 마음속으로 계속 되뇌었다.

그런데 요다가 대학시험을 불과 두달여 정도 남겨놓았을 때였다. 어머니가 청소를 하는도중 갑자기 정신을 잃어 계단에서 구르는 사고가 발생했다. 영양실조로 인한 악성빈혈 때문에 사고가 발생한 것이었다.

의사로부터 '그동안 어떻게 이 지경이 되도록 그냥 방치만 해두었느냐' 는 소리를 듣는 순간 요다는 가슴이 미어져 끝내 아무런 말도 할 수가 없었다.

다행히 생명에는 지장이 없었지만 뇌에 손상을 입은 어머니는 더 이상 직장에 나갈수가 없게 되었다. 요다는 결국 가사를 책임지기 위해 다니던 학원을 중도에 포기하고 집근처 음식점에 종업원으로 취직했다.

"어머니, 조금만 더 기다리세요. 제가 이젠 어머니를 편안히 모실께요."

요다는 출근을 하기전에 늘상 어머니의 손을 붙잡고 이렇게 중얼거렸다. 그러나 사고때의 충격으로 정신이 이상해진 어머니는 요다가 무슨 말을 하는지 제대로 알아 듣지도 못했다.

그저 본능처럼 주머니에서 꼬깃꼬깃해진 돈 3백엔을 꺼내 요다의 손에 꼭 쥐어주며 '요다야, 공부하다가 허기지면 참지말고 이걸로 맛있는 것 좀 사먹고 그래라. 알았지!'

정신이 이상해진 어머니는 요다가 여전히 학원에 다니

는 줄로만 알고 있었다. 그래서 매일같이 아침이면 요다의 손에 버릇처럼 용돈 3백엔을 쥐어주는 것이었다.

요다는 처음 한동안 어머니가 이런 행동을 할 때마다 속상해서 울먹이며 그냥 집밖으로 뛰쳐나갔었다.

그러나 그때마다 어머니가 자신이 돌아올때까지 아무것도 먹지않은채 침울한 표정으로 눈물만 연신 찍어내고 있자 급기야 생각을 바꾸게 되었다.

어머니가 돈을 주면 받아두었다가 그날 저녁, 어머니가 잠들면 머리맡에 다시 놓아두는 것이었다. 그러면 어머니는 다음날 아침 영락없이 그 돈을 다시 요다의 손에 쥐어주며 시종 흐뭇한 미소를 지어보이곤 했다.

"어머니, 조금만 더 기다리세요. 이번에 요리사 자격증을 따면 월급도 지금보다 훨씬 더 많이 받을수 있게 되고, 그러면 어머니를 좋은 병원으로 모시고 가서 맘껏 치료받게 할수있을 거에요. 그러니 지금보다 더 나빠지지만 말고 조금만 더 참고 기다리세요. 알았죠?"

아침마다 어머니로부터 3백엔의 용돈을 받아가던 요다는 그해 가을 1급 요리사 자격증을 취득했다. 그리고는 다음해 봄이 되었을때, 고등학교를 졸업한 여동생에게 어머니를 잠시 맡겨둔채 국비(國費)를 보조받아 블란서로 유학까지 가게 되었다.

그로부터 1년 6개월후, 다시 일본으로 되돌아온 요다는 동경에서 제일 큰 호텔에 요리사로 스카웃됐다. 요다의 평균 연봉은 6백만엔으로 어머니의 병을 치료하는 것은 물론이고 남은 여생을 편안히 모시는데 있어 조금도 부족하지 않은 크나큰 액수의 돈이었다.

드디어 요다가 첫 월급을 받게되던 날이었다. 그런데 그날따라 뜻밖의 일이 생겨서 요다가 도저히 집에 들어갈수 없는 상황에 처하게 되었다. 요다는 저녁 늦게 집으로 전화를 걸어 이러한 사실들을 여동생에게 통보해주었다. 그러나 정신이상자인 어머니는 이러한 사실들을 모른채 밤새 뜬눈으로 지새우다 급기야는 아침이 되기가 무섭게 집밖으로 요다를 찾아나섰다. 길을 잃고 헤메이던 어머니가 뜻밖의 교통사고를 당한 것은 점심무렵이 거의다 되었을 때였다.

요다가 사고 소식을 듣고 병원으로 달려갔을때는 이미 어머니가 숨을 거둔뒤였다.

어머니의 시신을 끌어안은채 망연자실한 표정으로 한동안 대성통곡하던 요다의 눈에 이상한 광경이 목격된 것은 잠시후였다. 방금전에 죽은 어머니의 오른쪽 손에 무엇인가가 불끈 쥐어져 있었기 때문이었다.

빳빳하게 굳어버린 어머니의 손을 조심스럽게 펼쳐보던 요다는 자신도 모르게 거친 신음소리를 토해냈다.

"헉! 이… 이건…."

어머니의 손아귀에 그렇게 굳게 쥐어져 있던 물건은 다름아닌 꼬깃해진 100엔짜리 지폐 3장이었다. 아들이 여전히 학원에 다닌는 줄로만 알고있는 어머니는 요다가 집으로 돌아오면 주려고 3백엔을 손아귀에 꼬옥 움켜쥐고 있었던 것이다. 교통사고를 당해 죽음을 맞이하는 그 순간까지도….

이젠 어머니를 위해 무엇이든 다 해줄수 있는 위치에 올라섰는데, 예전처럼 어머니를 보고 '조금만 더 기다려 달라' 는 말을 할 필요가 없게 되었는데, 어머니는 요다에게 효도할 기회조차 주지않고 그렇게 허망하게 저세상으로 가버린 것이다. 그래서 요다의 가슴은 더 아팠다. 그래서 요다의 눈물은 더더욱 뜨겁기만 했다.

창밖으로는 은빛깔의 비가 내리고 있었다. 그 비는 자식을 사랑하는 어머니의 마음처럼 한없이 따듯하고 보드라운 비였다.

영혼을 울리는 바이올린

토니는 명문 줄리어드 음대를 우수한 성적으로 졸업한 촉망받는 바이올린 연주자였다.

한때는 21세기를 짊어지고 나갈 가장 촉망받는 젊은 음악인 중 한명으로 선정되기도 했는데 수많은 사람들이 토니의 천재적인 음악성에 매료되어 극찬을 아끼지 않았지만 유독 한사람만은 늘상 그의 음악성에 고개를 내저었다.

그는 다름아닌 토니의 어머니 낸시 여사였다.
그녀는 남편을 병으로 일찍 저 세상으로 떠나보낸 박복한 여인이었다.
그러나 젊은 나이에 가족의 생계를 책임지게 된 그녀는 절망하지 않고 하나뿐인 아들 토니를 훌륭하게 키우기 위해 온갖 잡다한 일들을 마다하지 않고 열심히 일했다.
가정부, 식당 종업원, 빌딩 청소부, 보험 판매원 등등 이루 열거할수 없을 정도도 많은 일들을….
그 결과 토니를 세상 어디에다 내놓아도 결코 남부럽지 않은 훌륭한 아들로 키우는데 성공했다.
하지만 낸시 여사는 남들이 온갖 미사여구를 동원해 자신의 아들을 극찬할때도 아직 멀었다는 소리만 되뇌였다.
"토니야! 이 에미의 생각으로는 사람들의 귀를 일순간 즐겁게 하고 행복하게 만드는 그런 음악은 누구나 어느 정도 노력하면 연주가 가능하다고 생각된다.
때문에 그런 음악들은 어느 순간까지는 대중들의 인기를 얻을수 있겠지만 시간이 지나면 그 인기가 점차 시들어 버릴 수밖에 없다.
외적으로 보면 아름답지만 향기가 없는 꽃이 그 아름다움을 다하면 사람들로부터 외면을 당하는 것과 다를 바가 없기 때문이다.
난 네가 단 한사람이라도 좋으니 사람들의 영혼을 울

릴수 있는 그런 음악을 연주 했으면 한다."

"사람들의 영혼을 울릴수 있는 그런 음악이란 대체 어떤 것입니까?"

"그건 에미도 잘 모른다. 다만 너도 알다시피 이 에미는 귀가 잘 안들린다. 때문에 네가 아무리 내 앞에서 혼신을 다해 연주해도 난 네가 연주하는 음악을 제대로 들을수가 없다. 이 말은 곧 네 음악이 사람의 고막만 자극할뿐 진정 사람의 영혼까지는 울리지 못한다는 증거다.

다시 말해 이 에미가 네 음악을 듣고 감동을 받아 눈물을 흘릴수 있다면 그건 네 음악이 인간의 영혼을 울렸다고 볼수 있을 것이다."

토니는 어머니의 말씀을 듣고 보다 더 열심히 노력을 하였다. 그러나 명성은 나날이 높아져 갔지만 가는 귀가 먹은 어머니의 눈에서 눈물이 나오게 만드는 그런 연주는 끝끝내 하지 못했다.

그러던 어느날이었다.

모처럼만에 집에서 휴식을 취하고있던 토니가 어머니를 모시고 시내 외곽으로 드라이브를 나가게 되었는데 그만 중앙선을 침범해오던 트럭과 정면으로 충돌하는 끔찍한 사고가 발생했다.

이 사고로 어머니와 트럭 운전사는 그 자리에서 사망하고 토니만 겨우 구사일생으로 목숨을 건지게 되었다.

토니는 사고 즉시 병원으로 후송되어 수차례의 수술을

받았다. 다행히 목숨에는 지장이 없었지만 사고의 충격으로 토니의 오른쪽 손가락 약지와 중지는 끝내 잘려져 나갔고 차량에서 발생한 화재로 인해 얼굴은 차마 눈 뜨고는 볼 수 없는 흉물스런 모습으로 변해버렸다.

모든 것을 한꺼번에 잃어버린 토니는 외부와 일체의 면담을 사절한채 한동안 절망과 실의의 나날을 보냈다. 자신에게 감당키 힘든 시련과 고통을 안겨준 하나님만을 한없이 원망하면서….

병원에서 퇴원한 후에도 마찬가지였다.

대문을 굳게 닫아둔채 온종일 집안에 틀어박혀 지난날의 악몽을 떨쳐버리기 위해 술만 미친 듯 들이켰다.

토니의 육신과 영혼은 하루가 다르게 급격히 병들어갔고 그에게 지대한 관심을 보이던 세인들의 기억속에도 그의 이름은 서서히 잊혀져갔다.

그제서야 비로소 토니는 어머니가 자신에게 늘상 해주셨던 말씀, 인간의 영혼을 울리지 못하는 음악은 그 화려함이 걷히면 금새 시들어 버린다는 그 말의 의미를 깨달을 수 있게 되었다.

사고로 인해 자신에게 있어 가장 소중한 것들을 어느 한순간에 다 잃어버렸다는 사실보다는 자신에게로 향하던 온갖 스포트 라이트가 어느날 갑자기 무관심으로 바뀐 것에서 오는 지독한 허탈감과 외로움 때문에 알콜 중독자가 되어버린 토니가 자살을 결심하고 마지막 여행을 떠난 것은 얼마후였다.

특별한 목적지도 정해놓지 않은채 무작정 어디론가 달려가던 토니의 차가 정차한 곳은 남부에 있는 어느 작은 마을이었다.

이른 새벽부터 차를 몰아 초죽음이 된 토니는 사람들의 눈에 잘 띄지않는 한적한 곳에 차를 정차시켜 놓고는 한동안 깊은 잠에 빠져들었다.

토니가 다시 눈을 떴을 때는 이미 어둠이 어슴푸레하게 깔린 저녁 무렵이었다.

한손에는 술병을 다른 한손에는 수면제가 들어있는 병을 든 토니가 차에서 내려 자살할 장소를 물색하기 위해 발길닿는 대로 걸어갈 때였다.

어디에선가 사람들이 괴성을 지르고 악기 두드리는 소리가 메아리처럼 아련하게 들려왔다.

토니는 자신도 모르게 소리가 들려오는 방향으로 발걸음을 옮겼다.

마을 공터로 보이는 곳에서는 수십명의 사람들이 횃불을 환하게 밝혀놓은채 한데 어루러져 춤과 노래를 부르며 즐겁게 노닐고 있었다.

마을 축제가 벌어지고 있는 것이 분명한 듯 싶었다. 토니는 발걸음을 멈추고 잠시 고민하다가 축제의 열기로 가득찬 곳으로 조심스럽게 가보았다.

축제의 열기가 워낙 달아올라 있어서 그런지는 몰라도 그 누구 하나 토니의 존재에 대해 관심을 보이거나 의아하게 생각하는 사람은 없었다.

토니로서는 여간 다행스러운 일이 아닐수 없었다. 화상으로 인해 얼굴이 흉칙스럽게 변한 토니에게는 대인공포증이 강하게 자리를 잡고 있었기 때문이었다.

물끄러미 서서 마을 사람들의 축제를 감상하던 토니의 두눈에 어떤 알 수 없는 광채가 빛을 발한 것은 잠시후였다.

횃불이 타오르고 있는 곳에서 약간 떨어진 곳에 몇 종의 악기가 어지러이 널려져 있었는데 그곳에 낡은 바이올린도 하나 있었기 때문이었다.

토니는 순간, 죽음을 맞이하기 전에 마지막으로 바이올린을 한 번 연주해 보고 싶다는 강한 충동에 사로잡혔다. 그 충동은 상상을 초월할 정도로 강렬했다. 토니는 마치 최면술에 걸린 사람처럼 어느 알 수 없는 힘에 이끌려 바이올린이 놓여져 있는 곳으로 터벅터벅 걸어갔다.

손가락이 두 개나 잘려져 나간데다가 바이올린 상태 역시 최악이어서 제 소리를 낸다는 그 자체가 무리였지만 토니는 이에 아랑곳 하지 않고 조심스럽게 바이올린을 연주하기 시작했다.

죽음을 맞이하려는 그 순간에 바이올린을 연주할 수 있다는 그 자체만으로도 토니는 그저 한없이 감사하고 행복하기만 했다. 바이올린의 선율이 흐르면서 토니의 두눈에서는 뜨거운 그 무엇이 하염없이 흘러나오기 시작했다.

토니의 머리속에는 더 이상의 사념이나 잡념 따위가 존재치 않았다. 원망도, 미움도, 증오도, 죽음조차도 모두 그의 머리속에서 떠나버렸다. 아무것도 남아있지 않은 텅빈 백지 상태에서, 남에게 인정을 받기 위함도, 남의 영혼을 울리기 위함도 아닌, 오로지 이것이 자신의 생에 마지막 연주라는 생각으로 최선을 다해 연주에만 몰두했다.

사람들의 함성속에 파묻혀 거의 들리지 않다시피 하던 바이올린 소리는 시간이 흐르면서 점차 그 소리가 커지기 시작했다.

춤과 노래를 부르며 열광적으로 괴성을 지르던 사람들은 누가 뭐라 한것도 아닌데 하나 둘씩 하던 행동을 중단하고 바이올린을 연주하고 있는 토니 앞으로 모여들었다.

그리고는 얼마후, 토니의 연주가 모두 끝나자 비록 음악에는 문외한들이 었지만 마을 사람들은 너나할 것 없이 모두 크게 감명을 받은 듯 뜨거운 박수를 보내주었다.

축제는 끝나고 밤이 깊어지자 마을 사람들은 진한 감동을 가슴에 안은채 하나 둘씩 자신들의 집으로 돌아갔다.

그러나 유독 한 소녀만은 여전히 진한 아쉬움이 남는 듯 바이올린 선율이 흐르던 그 자리를 뜨지 않은채 달빛 아래 쪼그려 앉아 계속 눈물을 흘리고 있었다.

토니는 자신의 연주에 눈물까지 흘려준 그 소녀에게 감사함을 전하기 위해 조심스럽게 다가갔다.

"난 그저 최선을 다해 연주에 몰두했을 뿐인데, 이것이 마지막 연주라는 생각으로. 그런데 너를 울리고야 말았구나…."

아무말 없이 눈물만 떨구고 있는 소녀의 어깨를 토니가 가볍게 토닥여 주려 할 때였다.

갑자기 소녀보다 서너살 정도 더 먹어 보이는 여자 아이가 달려와 토니에게 큰 소리로 말했다.

"아저씨! 그애 귀에 대고 아무리 떠들어봤자 아무 소용 없어요"

"그게 무슨 소리지?"

"갠 태어날 때부터 귀머거리였거든요."

토니는 단단한 물체로 한방 얻어맞은 것처럼 한동안 아무런 말도 하지 못한채 자신 앞에 쪼그려 앉아있는 귀머거리 소녀의 얼굴만을 말끄러미 바라보았다.

그 순간 참으로 놀라운 일이 일어났다. 일시적 착시현상이었을까, 아니면 환영이었을까.

토니는 소녀의 눈동자속에서 얼마전에 돌아가신 어머니의 모습을 보았다. 어머니는 웃고 계셨다. 그것도 한없이 온화하고 자애로운 눈빛으로….

잠시후, 소녀는 떠나고 바이올린 선율만이 가득했던 그 자리에는 은은한 별빛만이 한동안 서성거렸다.

영원한 사랑(아모레 셈프레)

젖혀진 커튼 사이로 석양이 짙게 드리워지고 있었다. 약간 열려져 있는 창문틈 사이로 제법 쌀쌀한 저녁 바람이 불어왔지만 흔들의자에 몸을 깊숙히 기대고 있는 노년의 남자는 아침부터 줄곧 같은 자세를 유지하며 창밖으로 펼쳐지는 자연의 변화만을 예의 주시하고 있었다.

이미 잎이 거의다 져버린 나무같은 노년의 남자 루이

지 수란체….

눈을 감은채 조용히 묵상에 잠겨 있었을 뿐인데도 숨이 막혀 옴을 느낄 정도로 그의 삶은 이제 마지막을 향해 치닫고 있었다.

늑장을 부리고 있던 어둠들이 갑자기 빠른 속도로 밀려와 희미하게 남아있던 석양의 잔재들을 삼켜버리자 루이지는 마치 자신의 삶이 끝나기라도 한 것처럼 옅은 한숨을 길게 내쉰다.

'왜? 조금만더, 조금 더만 하게 되는걸까 언젠가 때가 되면 떠나야 하는데….'

루이지의 눈빛은 빛을 잃은 전구처럼 칠흙같은 어둠속에 잠겨져 있었다. 정신적 육체적으로 급격히 쇠잔해져 있는 그의 눈빛에서 생에 대한 애착을 찾아 보기란 거의 불가능했다.

살아 숨쉬기는 하되 영혼이 빠져나간, 다만 본능에 의해 세포조직이 꿈틀거리고 심장박동이 불안스럽게 이어지는 식물인간처럼 루이지의 현재 모습은 살아는 있지만 차마 살아있다고 단정할수가 없는 그런 절망적인 모습이었다. 마치 세상에 홀로 버려진거 같은 아득함이 느껴지는….

'때가 되면 떠나야 하는 것이 자연의 이치인데… 아직은 때가 아니라는 생각이 자꾸만 드는 것은 왜일까?'
루이지는 두눈을 지그시 감았다. 그리고는 숨을 고르고 난후 마치 낡은 일기장을 넘기듯 자신의 지난 삶을 천

천히 되돌아보았다. 그리 평탄하지만은 않은 삶이었지만 그래도 최선을 다해 살아왔던 날들이기에 특별히 후회되거나 아쉬움이 남는 부분은 없었다.

그런데 이상하게도 풀어야할 매듭이 남아있는 것처럼 온몸의 혈맥이 뒤엉켜져 있는 듯한 답답함이 느껴졌다. 루이지는 중구난방으로 갈라졌던 생각들을 한곳으로 집결시켰다. 그리고는 자신의 생애 중에서 가장 행복했던 순간과 가장 괴로웠던 순간을 동시에 떠올려 보았다.

그러자 머리가 팽하니 한바퀴 회전을 하면서 답답하기만 하던 머리가 점차 선명해지기 시작했다.

'아, 아… 안겔리키!'

안개속에 숨어있던 물체가 흐릿하게나마 하나의 형체가 되어 눈앞에 펼쳐지자 루이지의 손에 땀이 흥건히 베어났다.

한동안 어떤 전율감에 옴몸을 부르르 떨던 루이지는 불불이 일어서는 듯한 머리카락을 쓸어올리며 탁자위에 놓여져 있던 생수(生水)잔을 재빨리 목안으로 털어 넣었다.

'그저 가슴속에 꼭 묻어 두려고만 했던 이름인데… .'

어둠뿐인 창밖을 향해 고개를 젖혔던 루이지는 비장한 각오로 숨을 다시 고르더니 조용히 눈물을 떨어 뜨리기 시작했다.

'당신의 기억속에서 잊혀지기가 싫어서 지금껏 그렇게

악착같이 살아있나 보오. 아, 안겔리키….'
잠시후, 차분함과 냉정함을 유지하려는 듯 두눈을 지그시 감고있던 루이지는 심장이 죄어오는 감격을 안고 60년 가까운 세월동안 소중한 보물처럼 자신의 가슴속에만 묻어두었던 안겔리키와의 기억들을 처음부터 다시 더듬어 나가기 시작했다.

시간은 1941년 8월로 거슬러 올라간다. 당시의 루이지 수란체는 20세의 건장한 청년으로 이탈리아 군의 소위였다.

그는 2차대전이 발발하자 그리스 펠로폰네소스 반도 서북부의 아름다운 항구도시 파트라이로 파견되었는데 행군 도중 그곳에서 한 소녀를 우연히 만나게 되었다. 그녀가 바로 안겔리키 스트라티고우였다.

안겔리키는 이탈리아 군이 행군을 할 때 자신의 집앞에 나와 이를 지켜보고 있었는데 이 때 마침 루이지가 지나가다 그녀에게 길을 물은 것이다.

"아가씨, 파트라이에 가려면 여기서 얼마나 더 가야합니까?"

안겔리키는 친절하면서도 뼈가있는 답변을 해주었다.

"흥! 여기가 바로 지상에서 가장 아름다운 항구도시 파트라이에요. 당신들에 의해 곧 폐허가 되버리겠지만…."

루이지는 비록 허름한 옷을 입고 있었지만 마른듯 하

면서도 알맞은 체구로 얌전한 모습에 음성이 구슬을 굴리듯 조용한 수녀같은 정갈함이 느껴지는 소녀에게 첫눈에 반했다.

힘을 과시하는 근육질과는 정반대로 나직하고 차분한 태도로 내면의 깊이를 느껴지게하는, 그러면서도 어딘지 모르게 의젓하고 정이 많아 보이는 젊은 장교에게 마음이 끌리기는 그녀 역시 마찬가지였다.

둘은 비록 첫 만남이었지만, 그것도 전시중에 만난 적국(敵國)의 남녀들 사이였지만 수채화같은 잔잔함으로 가슴에 와닿는 로맨틱한 감정에 사로잡혔다.

"실례가 되지 않는다면 아가씨의 이름을 알고 싶은데?"

첫 만남에서 지나친 실례라 생각되었지만 그녀의 얼굴에서는 미소가 떠오르고 있었다.

"내 이름은 안겔리키에요. 그러는 당신은?"

"루이지 수란체, 언제 시간이 나면 한 번 찾아 뵙고 싶은데 괜찮겠소?"

안겔리키가 수줍은 목소리로 말했다.

"칠흙같은 수렁속으로 빠져드는 것이 두렵지 않다면요."

이탈리아 군대가 파트라이에 주둔한지 일주일째 되던 날이었다.

우연히 만난 한 소녀에 대한 애뜻한 그리움으로 불면의 밤을 지새우던 루이지는 자신과 같은 막사를 쓰던 부대원들이 모두 잠자리에든 틈을 이용해 비밀리에 안겔리키의 집을 찾아갔다.

전시 상황이었으므로 잘못하다가는 이탈리아군에게 반감을 갖고있거나 적의(敵意)를 품고 있는 사람들에 의해 쥐도 새도 모르게 살해 당할수도 있는 위험천만한 상황이었지만 루이지는 이에 개의치 않고 안겔리키를 만나러 간 것이다.

'아, 이젠 어떻게 해야되지?'

주위가 온통 고요와 적막감으로 휩싸여 있는 가운데 루이지는 흥분된 가슴을 쓸어내리며 잠시 생각에 잠겼다.

안겔리키가 살고있는 집은 2층으로 밖에서 보면 창문이 세 개가 보이는데 그녀가 어느 방을 사용하고 있는지 알길이 없었기 때문이었다.

혹시 낮이라면 모르겠지만 모두가 잠들어 있는 야심한 밤이기 때문에 함부로 소리를 지를수도 없는 상황이었다.

한동안 고민에 빠져있던 루이지는 새벽무렵이 되어서야 겨우 용기를 냈다.

'여기까지 와서 발걸음을 돌린다는 것은 칠흙같은 수렁속으로 빠져드는 것을 두려워한다는 증거다.'

그는 운명적인 사랑을 믿기로 했고 자신의 그런 생각들이 틀리지 않는다면 그녀를 반드시 만날 수 있으리라는 어떤 확신이 들었다.

모든 것을 운명에 맡긴 루이지는 자신의 발아래 있는 자그마한 돌멩이 하나를 집어들었다.

[illegible]리고는 눈 앞에 보이는 세개의 창문들을 번갈아 가며 [illegible]히 쳐다보다 왠지 모르게 마음이 끌리는 2층 오른쪽 끝[illegible]는 창문을 향해 전혀 망설임 없이 돌멩이를 힘껏 집어던[illegible]

'틱!' 하는 소리[illegible] 퍼지는가 싶더니 주변은 또다시 지루한 고요함 속에 [illegible]었다.

그렇게 얼마의 시간이 흘렀을까[illegible]

기다림에 지친 루이지가 다시 돌[illegible] 집어들려고 하는데 굳게 닫혀져 있던 창문이 스르르 [illegible]면서 검은 물체 하나가 창밖으로 그 모습을 드러냈[illegible] '아!' 달빛 아래 서 있던 루이지는 자신도 모르게 [illegible]탄사를 연발했다. 그러는 사이 그의 얼굴은 수줍은 [illegible]년처럼 발그스레하게 빛나[illegible] 시작했다.

사물의 [illegible]습이 약간 불확실[illegible]기는 했지만 창문 앞에 모습을 드러[illegible] 그림자의 [illegible]인공이 안겔리키라는 것을 단번에 알아차린 [illegible]지는 손을 흔들어 보이는 것으로 일단 반가움을 대신했다.

잠시후 안겔리키가 밖으로 나오자 루이지는 흥분된 목소리로 나즈막히 말했다.

"안녕, 안겔리키…"

"저… 정말 와 주셨군요?"

안겔리키 역시 말을 낮추기는 했지만 들떠 있었다. 잠

시동안 침묵이 흘렀다.
둘은 마치 수십년만에 다시 재회한 연인들처럼 애절한 눈빛으로 한동안 서로의 눈동자를 응시했다.
"이 야심한 시간에 내가 왜 당신을 찾아왔는지 궁금하지 않아요?"
루이지가 상대방을 존중하며 차근차근 말하자 안겔리키는 눈망울을 반짝이며 가볍게 웃었다.
"운명의 종은 쳐지고 쓸쓸한 삶을 보상 받으려는 듯 강바람에 실린 빗방울처럼 이리저리 쏠리다, 결국 이리로 날아온 것이 아닌가요?"
"단지 보고 싶었을 뿐입니다. 당신이…."
"당신은 제왕보다는 시인의 가슴을 가진 사내같아요."
서로의 콧김이 느껴질 정도로 둘은 가까이 서 있었다. 뜨거운 기가 몰려드는 눈으로 루이지가 다시 말했다.
"당신을 처음보는 순간 새로운 생명의 빛깔들이 내 영혼의 대지를 덮기 시작했다면 믿을수 있겠어요?"
"그건 저 역시도 마찬가지에요."
"두렵지 않아요?"
"뭐가요?"
"날 만난 것이?"
"두려움이란 준비가 되지 않았을 때 생기는 법이죠. 사실 난 끝까지 날 사랑해 줄 사람을 지금껏 기다리고 있었거든요."
"후훗…."

루이지가 조금 멀쑥해진 표정을 지어보이자 안겔리키는 살풋 웃으며 작고 얇은 입술을 다시 열었다.

"살아 가면서, 여자가 불꽃같은 사랑을 꿈꾸지 않는다면 그건 이미 늙었다는 증거가 아닐까요?"

"글세요?"

"아무튼 꿈이 어둠속으로 한없이 꺼져 들어갈 때 당신을 만나게 된 것은 정말 큰 행운이에요."

"지금은 전쟁중이오. 당장 한치앞도 내다볼수 없는 극한 상황이죠. 때문에 당신에게 행운을 주고 싶어도 줄수없게 될지도 몰라요. 때에 따라서는 오히려 혹독한 고통만 안겨주게 될지도 몰라요. 그래도 날 만날걸 후회하지 않을 자신 있어요?"

"전 찻잔보다는 그 안에 담긴 차에만 관심을 두는 스타일이죠."

"그건 저 역시도 마찬가지입니다. 만남이면 만남, 사랑이면 사랑, 그 자체만을 중요시 여길 뿐이지요.

사람들은 날씨에 대해 많은 말들을 하죠. 그러나 아무도 날씨를 어쩌지는 못해요. 누군가를 만난다는 것도, 누군가를 사랑한다는 것도 마찬가지라 생각해요. 그저 최선을 다하는 수밖에는…."

어느새 희붐하게 날이 밝아오고 있었다. 루이지는 아쉽지만 다음을 기약하고 안겔리키와 곧 헤어져야만 했다.

"다음에 또 찾아와도 될까요?"

"그건 어디까지나 당신의 자유죠. 내가 당신을 기다리는 것역시도…"

자욱한 연기가 주위를 가득 메우고 있는 가운데 루이지는 목구멍으로 치밀어 오르는 어떤 격정을 애써 억누르며 안겔리키에게 안녕을 고했다.

"안겔리키, 그럼 오늘은 이만…"

"기다림이란 사람을 멍들게도 하고 생기를 불어넣기도 하죠. 오늘 이 순간부터 제게 있어 기다림은 아마도 후자쪽이 될거 같군요. 그럼…"

안겔리키의 눈빛에서 어떤 진실 하나를 느끼며 아쉬운 이별을 고했던 루이지는 그후 사람들의 눈을 피해 사흘이 멀다하고 그녀의 집을 계속해서 찾아가기 시작했다.

눈 깜박이듯 불시에 찾아온 사랑, 안겔리키의 얼굴을 잠시라도 보지 않으면 아무 일도 할 수가 없었기 때문이었다. 그러나 이보다 더 큰 이유는 굶주림에 지쳐 한없이 야위어져 가는 안겔리키에게 어떤식으로든 도움을 주기 위해서였다.

루이지는 안겔리키를 만날 때마다 어렵사리 마련한 전투용 식량을 몰래 나누어 주기도하고 종이와 펜 등을 선물로 주기도 했다.

전쟁중이었기 때문에 만약 이러한 사실들이 발각되면 그 즉시 군법회의에 회부돼 그 어떤 가혹한 형벌을 받게될지도 모르는 상황이었으나 루이지는 이에 개의치 않고 안겔리키에게 자신이 줄 수 있는 모든 것들을 아낌없이 다 주었다.

그러다 보니 미완의 사랑으로 끝날것만 같았던 둘만의 사랑은 시간이 지나면서 점차 탄력을 받기 시작했다.

두 사람이 만난지 100일째 되던 어느날이었다.

둘은 언제나처럼 사람들의 눈을 피해 안젤리키의 집에서 약간 떨어진 허름한 창고안에서 몰래 만났다. 창고안은 빛 한점 새어 나가지 않을 정도로 외부와 철저히 단절된 곳이어서 두 사람이 비밀리에 늘상 만나던 장소였다.

"안젤리키! 오늘은 우리 백일째 만남을 기념하는 의미에서 조촐하게나마 파티를 열기로 해요."

절반정도 타버린 촛불이 은은한 불빛을 발하고 있는 가운데 루이지가 가방에서 무엇인가를 꺼내놓기 시작했다. 어디에서 구했는지는 몰라도 포도주 한병과 돌덩이처럼 딱딱하게 굳은 식빵, 그리고 통성냥과 두 개의 유리잔이 가방안에서 나왔다.

"뭐해요? 어서 케익에 촛불을 꽂지않고…."

루이지는 안젤리키 앞으로 겉봉이 뜯겨진 성냥통을 들이밀었다. 그러자 말간 눈빛으로 루이지가 하는 행동을 가만히 지켜만 보고있던 안젤리키는 미소가 번지는 얼굴로 조용히 입을 열었다.

"식빵은 케익이되고 성냥은 촛불을 대신하지만 이 세상에서 이 보다 더 근사한 파티는 없을 거에요."

안젤리키는 루이지를 빤히 바라보다가 수줍은 듯 고개

를 숙이면서 식빵위에다 성냥을 꽂기 시작했다. 빵이 워낙 단단하게 굳어있어서 성냥이 잘 들어가지 않았지만 어떤 알 수 없는 행복감에 안겔리키의 얼굴은 확확 달아오르고 있었다.

"안겔리키, 당신과 함께했던 지난 백일은 내 생에 있어 가장 행복하고 보람에찬 나날들이었어요. 내 생애에서 아마도 그 백일을 빼낸다면 아무런 의미도 존재치 않을거에요.

지금 이 순간, 전쟁이 일어난 것을 감사하고 있는 사람은 이 세상에서 저밖에 없을거에요. 이 전쟁 때문에 당신을 만날 수 있었으니까요."

루이지의 말이 끝나자 안겔리키는 고개를 절래절래 흔들었다.

"아니에요. 한 명 더 있어요…."

백개의 성냥이 다 꽂아지자 루이지는 성냥불을 켜서 안겔리키에게 건네주었다. 안겔리키는 잠시 멈칫하다가 빵위에 꽂혀 있는 성냥 위에다 조심스럽게 불을 붙혔다. 순간 '피시식'하는 소리가 연속적으로 울려퍼지면서 불꽃이 환하게 피어오르기 시작했다.

루이지는 미리 준비한 잔에다 포두주를 절반 정도씩 따라부었다. 그리고는 그중에 하나를 안겔리키에게 건네주며 얼굴 가득 미소를 머금으며 말했다.

"만약 이 전쟁이 아니었다면, 그래서 자유로이 누군가를 만나고 사랑할수 있는 그런 세상, 그런 장소에서 당신을 만났더라면 난 지금처럼 이토록 절실하게 당신을 사랑하지 못했을 지도 몰라요. 첫눈에 반하는 그런 일도 물론 불가능했을 거에요. 전쟁중이기 때문에, 내일 당장 무슨 일이 일어날지 아무도 모르기 때문에 하루를 새로이 맞이할때마다 늘상 오늘이 마지막이란 생각으로 최선을 다하고 있는 것인지도 몰라요.

보헤미안, 자유인, 방랑자, 현실도피자… 그동안 내게 늘상 따라 따니던 이런 수식어들이 무색해질 정도로 난 그동안 참으로 많이 변했소. 지금 내가 갖는 열정은 한낱 사랑하는 열정뿐이니까요."

"풋, 그 말은 마치 이 전쟁에서 살아남기 위한 최후의 수단으로 사랑을 선택했다는 말처럼 들리네요?"

"사랑을 하게되면 그 어떤 두려움도 능히 이겨낼수 있게되죠. 왜냐면 그 어떤 것도 사랑보다 더 강한 것은 없으니까요. 자, 우리 그런 의미에서 건배해요!"

루이지와 안겔리키가 들고있던 포도주 잔을 부딪치려는 순간이었다. 조용하기만 하던 창고 밖에서 갑자기 사람들의 웅성거리는 소리가 들려왔다.

루이지는 재빨리 촛불을 껐다. 행여라도 불빛이 밖으로 새어나가게 되면 어떤 위험에 처하게될지 모르기 때문이었다.

루이지는 불안에 떨고있는 안겔리키를 끌어안으며 밖의 동태에 온신경을 곤두 세웠다. 대화 내용으로 보아 순찰중인 이탈리아 군인들이 분명했다. 루이지의 두 눈은 어떤 알 수 없는 공포감에 젖어 파르라니 떨리기 시작했다.

행여라도 발각이 되면 자신뿐만 아니라 안겔리키에게도 어떤 불행한 사건이 일어날지 모르기 때문이었다.

"이봐, 날씨도 추운데 우리 안으로 들어가서 잠시 쉬어갈까?"

"그거 좋은 생각이군. 그러지 않아도 어젯밤에 한숨도 못자서 눈까풀이 천근만근 무겁던 참인데…."

밖에서 병사들이 떠들어대는 소리가 들리는가 싶더니 굳게 잠겨져 있던 철문이 심하게 흔들리기 시작했다. 루이지는 방금전보다 더 강하게 안겔리키를 끌어안았다. 두려운 전율이 온몸의 세포를 건드리며 지나갔다.

"이거 뭐야? 문이 안에서 굳게 잠겨져 있잖아."

몇번이고 계속해서 문을 열려고 애쓰던 이탈리아 군인들은 끝내 실패하고는 투덜거리며 다른 곳으로 이동을 했다. 시끌벅적하던 밖이 다시 조용해지자 루이지는 안겔리키의 가슴을 살며시 밀치며 나즈막한 목소리로 물었다.

"많이 무서웠죠?"

"아뇨."

"그럼요?"

"당신의 가슴에 안겨있는 동안 내내 행복하다는 생각밖에는 하지 않았어요. 설령 그대로 죽는다 해도…."

극적으로 위기에서 벗어난 루이지는 그날밤 자신이 머

물고 있는 부대 막사로 다시 돌아왔지만 터질 듯한 행복감에 취해 잠을 자는둥 마는둥 밤새 뒤척이다가 새벽별을 이고 겨우 잠자리에 들어갔다. 그러나 사랑이 아름다울수록 운명은 혹독하다는 말이 있듯, 우연과 풋풋한 감성으로 촉발된 이들 사랑 역시 결코 예외는 아니었다.

1943년 이탈리아가 항복하면서 군인의 신분이었던 루이지는 짧았지만 마냥 행복하기만 했던 지난 시간들을 뒤로한채 급거 귀국해야만 했다.

불가항력적인 상황에 처하게 된 루이지는 조국으로 귀국하기 하루 전날밤 만사를 제껴두고 안겔리키를 찾아갔다. 그러나 시간이 없었기 때문에 집앞에서 급히 인사를 나눌 수 밖에 없는 처지였다.

그날은 두 사람의 이별을 아쉬워하는 듯 안개보다 조금 굵은 빗줄기가 이른 아침부터 계속 내리고 있었다.

"전쟁이 끝나면 알프스 산맥의 눈자락처럼 펼쳐진 널찍한 백사장을 당신과 함께 가고 싶었어요.

그래서 마치 시한부 삶을 사는 연인들이 하나가 되고 싶은 바램으로 격렬한 키스를 나누며 당신에게 청혼을 하려고 했어요."

바다의 지평선을 바라보듯 망연히 응시하던 루이지가 먼저 입을 열자 안겔리키는 미세한 경련을 일으키며 힘없이 고개를 떨구었다.

"루… 루이지!"

"아무래도 그 시기를 조금 앞당겨야할 것만 같소.

나의 청혼을 받아준다면 당신의 그 사랑스런 입술에 키스를 할 수 있도록 부디 허락해 주세요."

루이지는 애절하면서도 간절한 눈빛으로 엷게 흔들리고 있는 안겔리키의 두 눈을 조용히 응시했다. 그러나 안겔리키는 고개를 떨군 상태에서 힘없이 고개를 내저었다.

"미…안해요."

"왜죠, 어째서 제 청혼을 받아들일수 없다는 것인가요?"

루이지는 불만을 씹어 내뱉듯이 거친 목소리로 토해냈다. 그러자 안겔리키는 부정이라도 하듯 방금전보다 더 큰 모션으로 다시 고개를 내저었다.

"당신이 떠난다는 말을 처음 들었을 때 스스로도 모를 어떤 열병같은 몸살을 앓았어요.

마음속으로 누군가를 깊이 사랑하고 있으면서도 그 깊은 사랑을 불가항력적인 어떤 힘에 의해 어쩔수 없이 떠나보낼수 밖에 없는 그 안타까움과 쓸쓸함, 그것이 나의 마음과 몸의 기운을 다 빼간 것 같아요. 그런데 어찌 당신의 청혼을 거절하고 싶겠어요."

"그런데… 어째서?"

"지금 제맘도 당신과 같아요. 아니 당신보다 더 절실하게 키스를 나누고 싶어요. 하지만… 그럴수 없는 지금의 제 심정을 부디 이해해 주세요. 당신과 손이라도 잡는 모습을 만약 누군가가 보게 된다면 전 적군 장교와 사귀었다고 이 도시에서 쫓겨나게 될지도 몰라요. 그러면 당신이 다시 이곳으로 돌아온다해도 만날 수 없게 될지도 몰라요.

기다릴께요. 언제가 될지는 모르겠지만 당신이 제게로 다시 돌아올 그날까지 오직 당신 하나만을 생각하며, 당신이 제게주신 그 따뜻하고 진심어린 사랑만을 기억하며, 같은모습 같은맘으로 오로지 이 자리에 서서 당신이 돌아올 날만을 손꼽아 기다리고 있을게요. 키스는 그때 해 주세요. 이세상에서 가장 황홀하면서도 달콤한 키스는…"

감수성이 예민해서 그런지 안겔리키가 느끼는 좌절감은 더욱 골이 깊은 듯 했다. 안겔리키는 약한 모습을 보이지 않으려는 듯 잇몸을 지그시 깨물면서 계속 말을 이어나갔다.

"당신을 만나기 전까지만 하더라도 전 언제까지 혼자여야 하는 생각이 들만큼 쓸쓸하기만 했어요. 그러나 다시 혼자가 된다 할지라도 이제 쓸쓸하다는 생각은 하지 않을거예요. 당신이 그 어느곳에 있든 제맘은 당신과 늘상 함께할 테니까요."

"아, 안겔리키…"

어슴푸레한 여명이 안겔리키의 실루엣을 또렷이 비추고 있는 가운데 바다쪽에서 비릿한 갯내음이 불어왔다. 원망이라도 하듯 하늘 저 끝을 잠시 올려다보던 루이지는 자신의 손목에 채워져 있는 시계를 힐끔 한 번 쳐다보더니 다급한 목소리로 말했다.

"그래요. 우리 그렇게 하기로 해요. 전쟁이 끝나면 그때 다시 돌아와 당신에게 정식으로 청혼하겠소. 키스는 그때 해주구려.

안겔리키, 시간이 없어요. 그만 울고 내 얼굴 좀 자세히 봐요. 자, 어서 당신의 그 큰 눈동자속에 지금의 내 모습을 선명하게 각인(刻印)시켜 둬요. 사진기로 내 얼굴을 찍듯 무엇 하나도 놓치지 말고 다 당신의 눈동자속에 담아두란 말이에요. 그래야… 우리 다음에 다시 만나게 되어도 첫눈에 서로를…"

루이지는 끓어 오르는 오열(嗚咽) 때문에 더 이상 말을 잇지 못했다. 안겔리키 역시 알았다는 듯 고개만 계속해서 끄덕일뿐 그 어떤 말도 하지 못한채 한동안 어깨만 들썩였다.

"루이지, 떠나시는 당신을 위해 제가 해줄수 있는 것은 아무것도 없어요. 오직 당신을 믿는 것 밖에는…"

"아, 안겔리키! 이토록 사랑스럽기 그지없는 당신을 바로 눈앞에 두고 떠나가야 하다니, 어쩌면, 그동안 많이 아파하게 될지도 몰라요."

"그래도 제 사랑은 멈추지 않을거에요. 당신과 헤어진 후 인간이 할수 있는 것을 다 받아들이게 되더라도… 그것이 기다림이 되고, 외로움이 되고, 고통이 된다 할지라도 당신이 돌아올 그날까지 알뜰하게 이겨낼 거에요. 그럴 자신이 있어요."

"내가 떠난뒤에도 당신은 날 사랑할 사람이오."

"이런 제맘 들키지 않고 그저 가슴속에다 꼭꼭 묻어두려고만 했는데…."

"당신은 참 착한 여자요. 그 무슨 일이 있더라도 당신의 그 착한 마음을 아프게 만들지는 않을거예요."

안젤리키는 쓸쓸한 웃음을 머금었다. 그러나 신기루처럼 금방이라도 꺼질듯한 웃음이었다.

"잘 가세요. 부디 건강하시고…."

"당신도… 당신도 아프지 말고…."

안젤리키의 속눈썹은 미세하게 진동쇠의 떨판처럼 흔들리고 있었다. 루이지는 무슨 말인가를 더 하려 하다가 입술을 앙다물면서 고개를 옆으로 홱 돌려버렸다. 그러자 그의 두 눈에서는 뜨거운 그 무엇이 와락 쏟아져 내려왔다. 아주 오래도록 계속해서….

"안녕. 내사랑 안젤리키…."

그날 아침 루이지는 사랑하는 안젤리키를 두고 홀연히 조국으로 급거 귀국했다. 겉으로는 태연한척 했지만 사실은 솟아오르는 두려움을 감지하고 있었다. 그건 어쩌면 안젤리키를 다시는 만날 수 없게 될지도 모른다는 기분나쁜 생각들이었다.

전쟁은 곧 끝났다. 루이지는 자신의 고향인 이탈리아 남부 렉지오 칼라브리아로 돌아갔다.

기나긴 여정을 끝낸 루이지는 짐을 풀기가 무섭게 안

겔리키에게 편지를 쓰기 시작했다.
그의 편지는 단 하루도 거르지 않고 매일같이 안겔리키가 살고있는 그리스의 수도 파트라이로 날아갔다. 그러기를 무려 3년여. 그러나 어찌된 일인지 안겔리키에게서는 단 한 번도 답장이 오지 않았다. .
“혹시 안겔리키에게 무슨 일이 생긴 것은 아닐까?”
루이지의 불안감은 날로 증폭되어져 갔다. 그러나 그는 단 한 번도 안겔리키의 사랑을 의심하지 않았다. 다만 안겔리키에게 피치못할 사정이 있어 답장이 오지 않는 것으로만 생각했다. 언젠가는 반드시 답장이 오리라는 믿음으로 근 3년여동안 계속해서 편지를 띄우던 루이지가 안겔리키를 잊기로 결심한 것은 편지를 쓰기 시작한 날로 부터 정확히 구백 구십 구일째 되던날이었다.

〈 내 사랑 안겔리키에게!
세월이 덧없이 흘러가도 당신을 향한 내 사랑은 변함이 없건만 어이하여 당신에게서는 단 한 번도 연락이 오지 않는 것인지… 당신은 아무래도 내게올 수 없는 그런 여자였었나 봐요.
그동안 999통의 편지를 쓰는동안 난 당신을 향한 내 사랑이 얼마나 크고 깊은지 속속들이 다 드러내 보였다오. 하지만 단 한 번도 당신에 대한 내 사랑을 정확히 표현할 수는 없었지요. 그건 이 세상에 존재하는 그 언

어로도 당신에 대한 나의 사랑을 적절하게 표현할 수가 없었기 때문이라오.

아, 마지막이란 이름을 걸고 사랑했었던 안겔리키!

이 천번째 편지를 마지막으로 이젠 당신을 잊어야 될 것만 같소.

앞으로도 계속 편지를 쓰게되면 나 자신도 모르게 당신을 원망하게 되고 당신의 사랑을 의심하게 되고 급기야는 당신을 믿었던 나 자신조차도 미워하게 될지도 모르기 때문이라오.

당신을 더 이상 기다릴 용기가 없음이 슬퍼지는구려.

지금이라도 당신이 나를 끌어안아 준다면 슬그머니 나를 포기하고 당신에게로 쓰러져 안기고만 싶지만… 우울의 늪에 다시 빠져드는 것이 왜 그리도 두려운지….

하지만 옛날을 생각할 만큼 나이를 먹게되면 그땐 알게 되겠지요. 지금의 내 결정이 얼마나 어리석었는가를….

안녕 내사랑 안겔리키….〉

천번째 편지를 마지막으로 안겔리키를 잊기로 결심한 루이지는 얼마후 다른 여자와 결혼하여 아들 하나를 낳아 평범한 삶을 살아가기에 이른다.

조카가 적군 장교와 사귀는 것을 못마땅하게 생각한 안겔리키의 고모가 자신의 편지를 매번 가로채 몰래 불에 태워버렸다는 사실을 까마득히 모르고 있던 가엾은 루이지는….

부인이 죽은지 어느덧 3년.

그동안 안겔리키에 대한 생각들을 밖으로 표출하지 않고 애써 잠재의식 속에 가두어 두었던 루이지는 옛사랑의 기억들이 불현 듯 되살아나자 적지않게 당혹스러워하며 두눈을 지그시 감았다.

그건 이 세상에 태어나 오직 한 여자만을 사랑하도록 운명지어진 남자가 느끼는 쓸쓸함 같은 것이었다. 그리고 다시는 돌이킬수 없는 시간들에 대한 안타까움 같은 것이기도 했다.

'당신은 내 오랜 방황의 끄트머리에 서 있던 인물이었소… 안겔리키 당신은….'

옛 생각을 보듬던 루이지의 두 눈에서는 어느새 보일듯 말듯한 하얀 물기가 검버섯 위로 또르르 굴러 떨어졌다.

그것은 쇳물에 다리를 담그는 듯한 격렬한 통증이 동반되는 회안(悔顔)의 눈물이었다.

신열(身熱)이 끓어오르는 환자처럼 열은 신음 소리를 간간히 토해내던 루이지는 어떤 격정에 휩싸여 있는 표정을 지으며 안락의자에서 힘겹게 자신의 몸을 일으켰다. 아직 흘러내리지 못한 눈물이 맑게 눈 속에 고여있는 가운데 루이지는 불편한 몸을 이끌고 서재가 있는 방쪽으로 힘겹게 걸어갔다.

"아, 안겔리키! 내 당신을 얼마나 사랑했었는데… 당신의 그 크고 해맑은 눈동자, 바람결에 부서지던 황금빛의 그 머리결, 한없이 따뜻하기만 하던 그 숨결, 그 고운 목소리, 그리고 한없이 자애롭기만 하던 당신의 그 상냥한 미소….

비록 수십년의 세월을 떨어져 지내야만 했지만 내 마음은 언제나 당신과 함께 했었다오.

당신의 존재를 까마득히 잊은척 했지만 실제로는 한 순간도 당신을 내 기억속에서 떨쳐버린적이 없었다오.

그저 잊은척 했을 뿐인데… 왜, 지금에 와서야 비로소 당신을 다시 만나야겠다는 생각이 이토록 간절하게 드는지, 조금만 더 빨리 이런 생각을 했었더라면….

아, 안겔리키! 이제 내게 남은 마지막 소망은 당신을 만나고 싶다는 것, 그래서 당신에게 용서를 구하는 것 뿐이라오, 오직 그것 밖에는 없다오. 만약 당신이 지금껏 살아만 있다면…."

그동안 잠복해 있던 안겔리키에 대한 그리움이 한꺼번에 봇물처럼 터져나오자 루이지의 두 눈에서는 방금전보다 더 뜨거운 그 무엇이 긴 강물을 만들며 하염없이 흘러내리기 시작했다.

두손을 깍지 낀 채 나란히 탁자위에 올려놓고 있던 루이지가 흐르는 눈물을 연신 훔쳐내며 어디론가 다급히 편지를 쓰기 시작한 것은 잠시후였다.

〈파트라이 시 시장님에게

안녕 하십니까? 저는 이탈리아 남부 렉지오 칼라브리에 사는 76세의 노인 루이지라고 합니다.

제가 초면에 실례를 무릅쓰고 이렇게 시장님께 편지를 보내는 것은 다름이 아니오라 이 늙은이의 자그마한 소망 하나를 들어주십사 부탁을 드리기 위해서입니다.

그건 다름이 아니오라 지금부터 약 60여년 전에 헤어졌던 한 여인을 찾는 것입니다.

그녀의 이름은 안젤리키. 지금의 나이는 78세. 예전에 살던 곳은… 중략….

저는 내일 이 편지를 부치고나서, 혹은 안락의자에 편안히 앉아 잠시 눈을 붙이거나 창밖에 펼쳐진 풍경을 바라보다가 갑자기 유언 한마디 남기지 못한채 불의의 객이 될 수도 있습니다.

그만큼 저의 육신은 지금 병들어 있고 또한 지쳐 있기 때문입니다.

마지막으로 눈을 감기전에 그녀를 꼭 한 번만 만나고 싶습니다. 한평생을, 이루지 못한 사랑의 아픔으로 고통스럽게 살아가야만 했던 이 늙은이가 가엾게 생각되신다면 부디 그녀의 생사여부라도 꼭 확인해 주십시오.

하나님께 무릎꿇고 기도하는 간절한 심정으로 시장님께 다시 한 번 이렇게 간청 드립니다.

이탈리아에서 루이지 올림.〉

루이지가 보낸 이 편지는 몇일후 파트라이 시장에게 전해졌다.

내용을 읽은후 크게 감동을 받은 파트라이 시장은 루이지 의 마지막 소원을 들어주기 위해 다방면으로 노력을 기울이기 시작했다.

그 결과 며칠후 스카이 방송사 기자들의 도움으로 안겔리키의 행방을 찾는데 성공했다. 시장은 방송사 기자들과 함께 그녀가 살고있는 집을 방문했다. 안겔리키는 반세기가 넘는 기나긴 세월이 흘러갔음에도 불구하고 루이지가 자신을 찾아오리라던 그 약속만 믿고 결혼도 하지 않은채 여전히 독신으로 살고 있었다.

그것도 예전에 자신이 살아었던 그 도시, 금방이라도 철거될 듯한 그 낡은 집에서 사랑하는 사람이 돌아오기만을 손꼽아 기다리며 외롭고 쓸쓸하게….

세월은 수줍음 많고 청순가련하기만 했던 한 소녀를 볼품없고 초라하기 짝이 없는 고령(高齡)의 노인으로 만들어 놓았지만 한 남자를 향한 그녀의 그 믿음과 사랑만은 어쩌지 못한 것이다.

"안겔리키 할머니 안녕하세요. 저는 이곳 파트라시의 시장 입니다. 제가 이곳을 이렇게 찾아온 것은 다름이 아니오라…."

시장은 경외(敬畏)심으로 가득찬 눈빛으로 안겔리키의 손을 덥석 움켜잡았다. 그러자 오랜 지병으로 침대에서 줄곧 앓아지내던 안겔리키는 얼떨떨한 표정을 지으며 다소 힘겹게 입을 열었다.
"아니, 이 늙은이에게 무슨 볼일이 있으시길래 바쁘신 시장님께서 누추한 이곳까지 직접 방문을 하셨는지요?"
시장은 몸을 일으켜 세우려는 안겔리키를 억지로 제지하며 자신이 방문하게된 동기를 차분하게 설명해 주었다. 시장의 입에서 루이지라는 이름이 나올때마다 안겔리키의 두눈은 한없이 커져만갔다. 때론 경련이 일어나듯 메마른 입술을 바르르 떨기도 하였고 거친 숨을 불규칙하게 토해내기도 하였다.
"그… 그게 정말이오? 루이지가 아직 살아있다는 것이, 그 사람이 지금 나를 찾고 있다는 것이 정말 사실이요?"
안겔리키의 물음에 시장은 입술을 앙다물면서 말했다.
"모두가 사실입니다. 자 보십시오! 이 편지는 루이지 할아버지께서 제게 할머니를 찾아달라고 보낸 편지입니다."
시장은 양복 안주머니에서 편지 하나를 꺼내 안겔리키의 손에 살며시 쥐어주었다. 안겔리키는 믿을수 없다는 표정을 지으며 편지를 서서히 읽어 내려가기 시작했다. 총 13장으로 된 편지지에는 루이지와 안겔리키가 처음 만났을 때의 이야기부터 헤어지기전까지의 사연들이 마치 한편의 감동적인 단편소설처럼 빼꼼하게 쓰여져 있었다.
편지를 읽어 나가던 안겔리키는 예전에 천일동안 천편

의 편지를 보냈던 루이지가 자신으로부터 아무런 연락이 없자 천번째 편지를 마지막으로 다른 여자와 결혼했다는 내용을 접하는 순간 서럽기 그지없는 듯 뜨거운 눈물을 와락 떨어뜨렸다.

"나… 난 그런줄도 모르고 오히려… 당신에게서 연락이 오지 않는다고… 아침 일찍 일을 나갔다가 저녁 늦게 다시 집으로 돌아오면, 그때마다 당신에게서 온 편지가 없었느냐고 단 하루도 거르지 않고 고모님에게 물어봤었는데… 아, 어떻게 이런 일이…."

그동안 참고 참았던 설움이 한꺼번에 북받쳐 오르는듯 안겔리키는 한동안 아무말 없이 소리죽여 울기만 했다. 그러자 그녀 옆에서 이를 지켜보던 시장과 수행원들, 그리고 취재차 나온 방송사 기자들과 신문사 기자들 역시 너나할거 없이 손수건을 꺼내들었다. 장내는 순식간에 눈물 바다가 되어버렸고 한동안 그 감동의 물결은 계속 이어졌다.

"할머니, 이건 루이지 할아버지의 집 전화번호에요. 제가 여기 오기전에 미리 연락을 취해놓았는데 지금 한번 걸어 보시겠어요?"

안겔리키의 눈물이 멎자 시장은 그녀에게 루이지의 집 전화번호가 적혀있는 쪽지를 건네주었다.

안겔리키가 선뜻 용기가 나지 않는 듯 두 눈을 지그시 감아버렸다.

"내 손으로는 떨려서 도무지, 죄송하지만 시장님께서

대신 좀…."

시장은 자신이 직접 전화번호를 눌러 안젤리키의 손에 전화 수화기를 쥐어주었다. 기도를 하듯 두손을 꼬옥 마주잡고 있던 안젤리키는 전화 수화기를 받아들자 가여운 여자로 보여서 동정따위를 받고싶지 않은 듯 애써 태연한 표정을 지어보였다. 그러나 그녀의 눈빛은 어떤 알 수 없는 긴장감으로 여전히 흔들리고 있었다. 카메라 앵글이 바삐 돌아가고 여기저기서 사진기 플래쉬가 연속으로 터지고 있는 가운데 굳게 닫혔있던 안젤리키의 입이 열린 것은 잠시후였다.

"어… 언젠가는 이런 날이 올 줄 알았어요."

안젤리키가 떨리는 음성으로 처음 꺼낸 말이었다. 그녀는 간단명료한 이 한마디의 말로 모든 것을 대신했다. 그리고는 또다시 소리죽여 울기만 했다.

한편, 머나먼 타국땅에서 근 60여년만에 옛사랑 여인의 목소리를 듣게된 루이지 역시 할말을 잊은채 얼굴을 가리고 한없이 울기는 마찬가지였다. 비록 대화하는 시간보다 눈물 훔치는 시간들이 더 많아 중도에 몇번 무거운 침묵이 흐르기도 했지만 둘은 실로 오랜만에 서로의 안부를 물으며 그동안 못다했던 이야기들을 오붓하게 주고 받았다.

비록 전화상이기는 했지만 반세기가 넘는 세월이 지난 후에서야 비로소 감격적인 해후를 하게된 둘은, 그 후 젊은 연인들처럼 누가 먼저라 할거없이 거의 매일 전화를 걸어 서로의 안부를 묻곤했다.

상대방을 먼저 생각해 주고 걱정해 주는 그 애틋한 마음은 60년 가까운 세월이 지났음에도 불구하고 예전과 크게 다를봐가 없었다.

삶에 대한 모든 의욕을 상실한채 흔들의자에 앉아 앞산 자락에 걸린 황혼만 쓸쓸히 바라보며 죽을날만을 기다린던 루이지는 안겔리키와 연락이 되고부터는 점점 생기를 되찾기 시작했다.

매일같이 그녀의 목소리를 들을수 있다는 그 자체만으로도 삶의 빛깔이 예전과는 사뭇 다르게만 느껴진 것이다.

1998년 2월의 성밸런타인 데이.

드디어 그렇게 학수고대하던 루이지와 안겔리키의 감격적인 만남이 이뤄졌다.

루이지가 안겔리키가 살고있는 파트라이를 직접 방문한 것이다.

수많은 취재진들이 지켜보고 있는 가운데 둘은 한동안 말을 잊은채 굵게 주름진 서로의 얼굴만 조용히 응시하다가 가슴이 미어지는 듯 조용히 눈물을 떨구기만 했다. 그러다가 루이지가 먼저 예전의 기억을 더듬듯 안겔리키의 얼굴을 몇번이고 계속해서 쓰다듬으며 조용히 입을 열었다.

"아, 안겔리키! 이젠 당신의 손을 잡아도 되겠소?"

루이지가 떨리는 목소리로 이렇게 말하자 안젤리키는 마치 간절하게 기다렸다는 듯 고개를 힘껏 한 번 끄덕였다.

"아무렴요… 이런날이 오기만을 내가 그동안 얼마나 학수고대 해왔었는데…"

안젤리키가 더 이상 말을 잊지 못한채 양손으로 자신의 얼굴을 감싸자 루이지는 이젠 모든 것이 다 끝났다는 듯 그녀의 손을 아래로 끌어내려 힘껏 움켜잡았다. 그리고는 콧 등의 주름을 펴며 한없이 자애로운 미소를 지어보였다. 마치 이제는 더 이상 아파하지 않아도 좋다는 신호를 보내듯….

"미… 미안 하구려. 이렇게 늦게서야 당신을 찾아와서…"

"괘… 괜찮아요. 지금 이렇게 제곁으로 와 주신것만 해도 전 이루 말할수 없이 기쁘고 행복한걸요. 제 믿음이 헛되지 않았다는 그 자체만으로도…"

"누구든 죽음이 가까이 온다고 느꼈을 때는 좀 더 보람있는 일을 했었으면 하고 바라게 되죠. 지금 내게있어 보람있는 일이란 당신과 얼마남지 않은 생을 공유하는 것 뿐이오. 지금 이 자리에서 당신에게 청혼을 하고 싶은데 허락해 주시겠소?"

짙은 회색의 하늘이 저만큼에 있는 가운데 안젤리키는 대답대신 고개를 살며시 들어 루이지의 얼굴을 말끄러미 바라보았다. 루이지는 그것이 무엇을 의미하고 있는지 잘 알고있는 듯 주저없이 그녀의 메마른 입술위에 자신의 입술을 살며시 포갰다.

안젤리키가 루이지의 청혼을 벅찬 감동으로 받아들인 이때 그녀의 나이는 79세였고 루이지는 77세였다.

루이지와 안젤리키는 얼마후 정식으로 결혼 날짜를 잡았다. 그리고는 결혼과 동시에 1년에 절반씩을 각각 그리스와 이탈리아에서 지내기로 약속까지 했다. 그러나 운명의 신은 끝끝내 이들의 사랑을 외면했다. 오랜 지병 생활속에서도 루이지를 만나야겠다는 신념 하나로 수차례 죽음의 고비를 잘도 견뎌왔던 안젤리키가 갑자기 하늘나라로 날아가 버린 것이다.

그녀가 사망한 날은 정확히 1999년 1월 9일로 결혼 예정일인 1월 23일을 고작 2주일 남겨놓았을 때였다.

'내 영혼은 그리워하는 사람의 품에서 떠나가지 않았는데…'라는 마지막 말을 남긴채….

그러나 루이지는 가엾게도 그녀가 죽었다는 사실을 까마득히 모르고 있었다. 그건 그 자신이 몸이 아파 병원에 입원해 있는 상태인데다가 사실을 말하면 루이지가 상당한 쇼크를 받을 것을 염려한 주변 사람들이 비밀로 하고 있었기 때문이었다.

이런 사실들에 대해 전혀 모르고 있는 루이지는 결혼식이 계속해서 미루어지는 것을 약간 의아하게 생각하면서도 매주 토요일 아침만되면 이 세상에서 가장 행복한 얼굴로 펜을 들어 '영원한 사랑'으로 끝나는 엽서를 쓴다.

〈내 사랑 안겔리키에게.
이른 아침 창문을 헤집고 들어오는 햇살을 보노라면 내가 아직도 이 세상에 살아있다는 것이 마냥 감사하기만 하다오. 아마도 그건 당신과 같은 세상, 같은 하늘 아래에서 살고 있다는 벅찬 기쁨 때문일 것이오. 상쾌하기 그지없는 이 아침 공기를 들이쉬는 지금 이 순간도 당신의 숨결이 느껴져요. 당신의 그 사랑이 내 가슴에 와 닿는 듯한 황홀감이 '쏴아' 하게 밀려 든다오.
당신을 생각하는 그 자체만으로도 이렇게 행복하고 좋은걸 그동안 어떻게 참고 견디어 왔는지… 그저 신기하기만 하다오.
안겔리키, 우리 다시는 헤어져 지내지 말기로해요. 죽는 그 순간에도 두 손 꼬옥 마주잡고 같이 떠나기로 약속해요.
당신이 먼저 내곁을 떠나면 혼이 빠져나간 듯한 아픔을 겪게될 것이오. 그건 영혼의 아픔이지요. 치유 불가능한….
당신의 영원한 사랑 루이지.〉

안겔리키의 무덤앞에는 지금도(1999년 3월 현재) '영원한 사랑'으로 끝나는 루이지의 엽서들이 계속해서 쌓여가고 있다. 이미 하나의 사랑은 정리되었지만….

아버지와 아들

일요일 오전이었다.
늦은 시간까지 잠자리에 들어있던 데이빗은 아침 식사를 하라는 아내의 잔소리가 몇차례 계속 이어지자 짜증섞인 표정을 지으며 자리에서 일어났다.
충분한 수면을 취했음에도 불구하고 간밤의 피로가 아직 덜 풀려서 그런지 눈동자가 약간 충혈되어 있는 데이빗은 주방쪽으로 걸어나오면서 아내에게 심드렁한 표정으로 말했다.
"일요일만은 아침 식사를 걸러도 좋으니 제발 잠 좀 원없이 자도록 내버려 둘 수 없겠소?"
그러자 분주하게 아침 식사 준비를 하던 아내는 잠시 일손을 놓고 남편의 말에 즉각 이의를 제기했다.
"잠은 많이 자는 것보다 적당히 자는 것이 몸에도 더 좋다는걸 당신은 몰라요. 모처럼 쉬는 오늘같은 날 좀 일찍 일어나서 가족과 같이 즐거운 시간을 보내면 얼마나 좋아요. 그저 허구한날 그놈의 잠타령, 그러니까 앤서가 당신보다 트렌트씨를 더 좋아하는 거란 말이예요."
"허허, 그거야 아무려면 어때요. 아침부터 괜히 바가지 긁지말고 어서 식사나 좀 주구려."
"동네 사람들이 뭐라 그러는줄 알아요? 다들 당신 보다는 트렌트씨가 더 앤서의 아버지같데요.
실제로도 앤서 역시 무뚝뚝하고 정이없는 당신보다는 친구처럼 자상하게 놀아주는 트렌트씨를 더 각별히 생각하는 것 같고요."
데이빗의 절친한 친구인 트렌트가 잠시 머물러 지내기 시작한 후부터 아침이면 늘상 오고가는 대화중의 하나였다. 부인과의 이혼문제로 머리를 잠깐 식히려 친구인 데이빗네 집으로 내려온 트렌트는 시간날 때 마다 틈틈히 앤서와 즐겁게 놀아 주었는데 그 모습이 얼마나 정겹고 다정해 보이던지 마치 실제 부자(父子)지간을 연

상케 할 정도였다.

아침에 일찍 일어나 달리기 시합, 야구놀이, 권투놀이 등을 하는 것은 물론이고 앤서가 학교에서 돌아오면 과제물을 같이 풀기도 하고 집에서 가까운 강가로 차를 몰고가 저녁 무렵까지 낚시를 즐기기도 했다.

이런 이유 때문인지는 몰라도 앤서는 아침에 일어나도, 학교에서 돌아와서도, 심지어는 잠자리에 들기전에도 오로지 트렌트 아저씨만 찾았다.

내성적이던 성격도 트렌트와 같이 지내다 보니 어느덧 매사가 적극적이고 의욕적인 쾌활한 성격으로 바뀌었다. 데이빗 부인은 이런 앤서의 변화를 무척이나 긍정적인 눈길로 바라보았지만 다른 한편으로는 자신의 남편이 그동안 아들에게 얼마나 못해주었으면 아이가 아버지 친구를 저리도 잘 따르고 좋아할수 있을까 라는 안타까운 생각이 들기도 했다.

"아무튼 당신, 지금부터라도 자중하고 앤서에게 잘 해주도록 노력을 해봐요."

"어휴, 그 놈의 잔소리! 그런데 트렌트와 앤서의 모습이 안보이네. 아침 일찍부터 둘이서 어디로 놀러간 모양이지?"

"어디가긴 어디가요. 벌써 식사를 끝내고 요앞 공원으로 야구놀이하러 갔죠."

데이빗은 아침 식사를 마치자 트렌트와 앤서가 야구놀이를 하고 있다는 공원으로 가 보았다.

주말이어서 그런지 평소보다 훨씬 더 많은 사람들이 나와 있었다.

"저기들 있군, 그래."

데이빗이 공원 가장 자리에 있는 잔디밭에서 야구놀이를 하고 있는 트렌트와 앤서를 발견하고는 그곳으로 발걸음을 옮기려 할 때였다. 트렌트가 공을 던져주는 가운데 앤서가 방망이를 힘껏 휘두르는 모습이 보였다.

"와, 또 홈런이다!"

트렌트가 얼마나 치기좋게 공을 던져 주는지 앤서가 방망이를 휘두를 때 마다 공은 까마득히 멀리 날아가고 있었다. 데이빗은 홈런을 치고 좋아하는 아들의 모습을 보자 왠지 모르게 미안한 생각이 들었다. 주말은 물론이고 휴가때조차 회사일이 바쁘다는 핑계와 피곤하다는 핑계로 앤서와 즐겁게 한 번 놀아준 기억이 거의 없었기 때문이었다.

데이빗은 그동안 아버지 노릇을 변변히 하지 못한 자신이 왠지 모르게 부끄럽게만 느껴졌다.

"어이, 트렌트!"

데이빗이 다가갔을 때 앤서는 자신이 날린 공을 줏으러 저 멀리로 달려가고 있었다.

그 틈을 이용해 잠시 휴식을 취하려던 트렌트는 친구인 데이빗이 다가오자 활짝 웃으며 자리에서 일어났다.

"늦잠꾸러기 아저씨가 이 시각에 여긴 웬일이지?"

"자네마저 너무 그러지 말게나. 회사일이 요즘 워낙

고되다 보니 나도 모르게 늦잠을 자는 것 뿐이라구. 그건 그렇고 자네 언제까지 여기에 머물러 있을건가?"

데이빗이 담배를 건네주며 묻자 트렌트는 짧은 한숨부터 토해냈다.

"내가 자네집에 머물러 있는 것이 부담스러워 그래?"

"예끼 이 친구야, 무슨 말을 그렇게 하나? 난 단지 자네가 걱정되어서 그러는 것 뿐일세."

"아내가 이혼장에 도장을 찍어주기 전까지는 집으로 돌아갈 생각이 추호도 없네. 그 여자와 다시 산다는 것은 생각만해도 끔찍하거든."

"아무리 그래도 그렇지. 자네 아들을 생각해서라도 웬만하면 오해를 풀고 다시 한 번 잘 시작해 보는 것이 어떻겠나?"

"에드워드 그녀석! 흥! 그놈은 지 에미밖에 몰라. 그녀석에게 있어 아버지의 존재는 집에서 기르는 강아지만도 못하다구. 아마 내가 이혼을 하게되면 가장 좋아할 사람이 바로 에드워드 그 녀석일걸. 녀석은 지금도 나 때문에 지 엄마가 일방적으로 고통받고 있다 생각한다구."

트렌트는 자신의 아내 못지않게 아들에 대한 불평불만도 대단했다.

"에드워드도 지금 자네가 돌아오기만을 기다리고 있을걸세. 나도 그 녀석에 대해서는 잘 알고있네. 원래 무뚝뚝하고 말이 없어 속내를 잘 드러내지 않는 성격이어서 그렇지 마음속으로는 아버지를 얼마나 끔찍히 생각하고 있는데….”

트렌트는 허공을 바라보며 힘없이 담배 연기를 내뿜었다. 내색을 하지 않아서 그렇지 예전에 비해 얼굴이 많이 까칠해져 있는 것으로 보아 이혼문제로 그동안 많이 고민하고 있는 것이 역력해 보였다.

“자네가 우리 앤서에게 유독 잘해주는 것도 사실은 에드워드가 생각나서 그런다는 것 나도 잘 알고있네. 그러지 말고 하루 빨리 마음 정리하고 다시 자네 가족이 있는 곳으로 돌아가게나. 그게 자네나 가족들을 위한 길이야.”

저 멀리서 앤서가 달려오는 모습이 보였다. 양손에 음료수병이 들려져 있는 것으로 보아 공을 주으러 갔다가 매점에 들러 트렌트 아저씨의 몫까지 사오는 것이 분명해 보였다.

“이보게 데이빗! 오늘 기분도 그런데 우리 모처럼만에 권투 시합이나 한 번 해볼까?”

트렌트의 갑작스런 제안을 데이빗은 마치 기다렸다는 듯이 맞받아쳤다.

“그거 좋지. 그렇지 않아도 내가 먼저 제안을 할려고 했었는데, 그거 듣던중 정말 반가운 소리군.”

트렌트와 데이빗은 대학다닐때까지만 해도 제법 이름이 알려진 아마추어 권투선수들이었다.

그런데 대회가 열릴 때마다 체급이 같아 두 사람은 매

번 출전 자격권을 얻기 위해 혈전을 벌려야만 했다. 우열을 가리기 힘들 정도로 막상막하의 실력들이었지만 결과는 6대 4 정도로 트렌트가 이기는 경우가 좀더 많은 편이었다. 비록 대학 졸업 후 다른 길을 찾아가는 바람에 권투 선수의 꿈은 포기했지만 둘은 가끔씩 예전의 기억을 떠올리며 권투시합을 벌이곤 했었다.

"대신 내기 조건이 있네. 그건…."

데이빗이 말을 하려고 하는데 앤서가 어느새 다가와 두 사람 사이로 파고 들었다.

"내가 이기면 거두절미하고 무조건 가족들이 기다리고 있는 자네의 집으로 돌아가는 걸세."

"만약 자네가 지면 그땐?"

"한달이든 일년이든 자네가 이곳에 있고 싶을 때까지 맘껏 머물러 있어도 절대로 뭐라하지 않겠네."

"그거 아주 좋은 생각이군. 어차피 내가 이길것이 뻔할 테니까."

"과연 그럴까? 내 생각에는 자네 집으로 가는 비행기표를 미리 예약해 놓는 것이 좋을것 같은데…."

옆에서 두 사람의 이야기를 가만히 듣고있던 앤서가 한껏 들뜬 표정을 지으며 나섰다.

"두 분이 정말 권투시합을 하는 거예요? 와, 정말 재미 있겠다. 근데 난 누굴 응원하지…."

지금은 어느덧 13살의 어엿한 소년이 되어 있지만 앤서는 그보다 훨씬더 어렸을 때부터 자신의 아버지와 아버지의 친구인 트렌트가 권투시합 하는 것을 종종 보아 왔었다. 그저 예전의 기억들을 떠올리며 재미삼아 하는 경우가 거의 대부분이었지만….

예전만 하더라도 아버지와의 사이가 좋아 일방적으로 아버지를 응원했었지만 지금은 이래저래 상황이 많이 바뀌어져 있는 상태라 앤서로서는 누구를 응원해야 할지 선 듯 결단을 내릴수가 없었다.

"앤서 이 녀석은 분명 트렌트 자네를 응원할거야."

데이빗은 약간은 씁쓸한 미소를 지으며 앤서의 머리를 장난스럽게 쥐어박았다.

"과연 그럴까?"

권투시합은 데이빗의 집에서 얼마 떨어지지 않은 대학교 실내 체육관에서 벌어졌다.

앤서가 심판을 보는 가운데 두 사람은 드디어 실로 오랜만에 링위에 서서 한치의 양보도 없는 혈전을 벌렸다. 그러나 게임의 양상은 거의 일방적이다시피 트렌트가 공격을 주도해 나갔다. 그도 그럴것이 트렌트는 그동안 꾸준히 운동을 계속해왔기 때문에 근육질의 몸매를 그대로 유지하고 있었지만 데이빗은 회사일 때문에 근래들어 거의 운동과는 담을 쌓고지내 뱃가죽에 군살이 덕지덕지 붙어있는 상태였기 때문에 정상적인 게임이 이루어진다는 것은 애당초부터 불가능했다.

앤서는 자신의 아버지가 링위에서 피를 토하며 쓰러질때까지 단 한마디의 말도 하지 않았다.

그저 냉정함을 잃지않은채 공평한 심판을 보려고만 애를 쓸 뿐이었다.

"원, 투우, 쓰리, 포…."

열까지 카운트 다운을 세던 앤서는 자신의 아버지가 끝내 링위에서 일어나지 못하자 아무말 없이 밖으로 나가 버렸다. 그날, 저녁때였다.

다른때 같았으면 트렌트 아저씨가 묵고 있는 방으로 올라가 보안관 놀이나 해적 놀이를 하자며 성가시게 굴었을 앤서가 어찌된 일인지 저녁 식사도 하지 않은채 자신의 방안에만 틀어박혀 전혀 나올 생각을 하지 않았다.

매일같이 자신의 방으로 찾아오던 앤서가 갑자기 발길을 뚝 끊자 트렌트는 이상한 생각이 들어 저녁 늦게 앤서의 방으로 조심스럽게 찾아가 보았다.

"앤서야, 벌써 자니?"

밖에서 아무리 불러도 인기척이 없자 트렌트는 직접 방문을 열고 안으로 들어가 보았다. 앤서는 어느새 잠들어 있었다. 그런데 이게 웬 일인가. 잠을 자고있는 앤서의 눈가에 눈물이 그렁하게 맺혀있는 것이 아닌가.

트렌트가 당혹스러움을 감추며 방안에서 나가려 할 때였다. 앤서가 낙서해놓은 것으로 보이는 종이들이 책상위에 어지러이 널려있는 것이 보였다.

'트렌트 아저씨는 정말 나쁜 사람이다. 아빠를 그렇게 흠씬 두들겨 패다니… 깡패, 해적, 싸움꾼, 난봉꾼….'

이와 유사한 문구들이 여기저기 널려져 있었다.
트렌트는 적지 않은 충격을 받은 듯 잠시동안 책상 앞에 우두커니 서 있기만 했다.
앤서에게 서운하다는 감정이 들기보다는 왠지 모르게 가슴 한켠 싸아하면서 뭉클해졌다.
다음날 아침이었다.
트렌트는 식사를 하는 도중 앤서에게 계속 눈길을 주었다. 그러나 앤서는 못본척하고 트렌트의 시선을 계속 외면했다. 어디인지 모르게 약간은 서운한듯한, 그러면서도 왠지 모를 적의(敵意)가 느껴지는 눈빛이었다.
트렌트가 오고난 후부터 시끌벅적하던 아침 식사 시간이 갑자기 조용해지자 데이빗 부인이 앤서에게 물었다.
"웬일로 네가 오늘은 이렇게 조용하니? 그러고 보니 오늘은 트렌트 아저씨와 아침 조깅도 가지 않았잖아. 앤서야, 오늘은 영 평소의 너답지 않구나. 혹시 어디 아프기라도 한거니?"
"나, 이젠 트렌트 아저씨와 안놀거에요."
"호호, 별일이구나. 엊그저께만 하더라도 트렌트 아저씨라면 자다가도 벌덕일어나던 애가 갑자기 왠일이지?"
"그냥 아저씨가 싫어졌단 말이에요. 에잇, 씨…."
앤서는 먹던 음식을 식탁위에 탁 내려놓고는 인사도 없이 학교로 가버렸다.
아무말 없이 우유잔을 들이키던 트렌트는 빙그레 웃으면서 맞은편 식탁에 앉아있는 데이빗에게 말했다.

"아무래도 오늘 저녁때 권투시합을 다시 한 번 더 해야될 것 같은데. 엉망이 되어버린 앤서의 기분을 풀어주기 위해서는말야. 하하하."

전날, 권투시합을 끝내고 피투성이된 얼굴로 집에 돌아왔을 때 부인으로 부터 나이살이나 먹은 사람들이 그 무슨 주책이냐며 온갖 핀잔을 들었던 데이빗은 트렌트의 입에서 또다시 권투시합 이야기가 나오자 기겁을 하며 손을 절래절래 흔들었다.

"아직도 입안이 얼얼한데 또 시합을 하자구? 난 죽으면 죽었지 다시는 자네와 권투시합 안할걸세!"

그러나 그날저녁 둘은 또다시 권투시합을 해야만 했다. 앤서가 지켜보는 가운데서….

전날과 반대로 이번에는 데이빗이 일방적으로 공격을 퍼부었고 트렌트는 일방적으로 얻어맞다가 급기야는 링위에서 쓰러졌다.

"원, 투, 쓰리, 포… 텐."

아버지가 트렌트 아저씨를 링위에 눕히자 카운터를 세는 앤서의 목소리는 전날과 달리 무척이나 신이나 있었고 경쾌했다. 그리고 숫자를 세는 속도도 훨씬 더 빨라졌다.

링위에 얼굴을 묻은채 곁눈질로 앤서의 표정을 살피던 트렌트는 자신도 모르게 미소를 머금었다.

자신의 감정을 숨기려는 것이 역력했지만 앤서의 얼굴에서는 어떤 알 수 없는 통렬함과 뿌듯함, 그리고 아버지에 대한 자랑스러움같은 것이 물씬 베어 있었기 때문이었다.

경기가 다 끝난후 집으로 돌아오는 길에 트렌트는 기분좋게 콧노래를 흥얼거리는 앤서를 무등태웠다. 앤서는 언제나처럼 자신의 아버지에게는 관심이 없는 표정을 지으며 트렌트에게만 짖궂은 장난을 계속쳤다.

누가봐도 앤서는 트렌트의 사랑스런 아들만 같았다.

"내일 아침 비행기로 여길 떠날 생각이네."

"갑자기 생각을 왜 바꿨지?"

"아무래도 에드워드에게는 아빠가 필요할 것 같아서 말야."

"그거 참 잘 생각했군. 누가 뭐래도 아이들에게는 아빠가 최고지, 암 그렇구 말구."

트렌트가 떠난다는 말에 앤서는 눈물을 글썽이며 말했다.

"아저씨, 정말 내일 여길 떠날거에요?"

"응. 떠나."

트렌트는 무등 태우고 있던 앤서를 바닥에 내려 놓은 후 사랑이 가득한 눈빛으로 그의 볼에 키스를 해주며 말했다.

"앤서야, 네 덕분에 참으로 많은걸 깨닫게 되었구나. 이젠 내 아들 에드워드도 이 아저씨를 많이 사랑하고 있을거란 확신이 들어. 아무리 못난 아버지일지라도 이 세상에서 그 아버지를 대신할만 한 것은 없거든. 앤서

네가 그걸 이 아저씨에게 깨닫게 해주었어. 정말 고맙구나…."

트렌트는 다음날 아침 일찍 비행기를 타고 에드워드가 기다리고 있는 자신의 집으로 되돌아갔다.

꽃씨를 뿌리는 남자

캐서린에게 있어 하루 하루는 마치 꿈길을 거니는 것처럼 마냥 행복하고 즐겁기만 했다.

그도 그럴것이 3년여동안 열열히 사랑의 밀어를 주고받던 블런트와의 결혼식이 불과 일주일여 밖에 남아있지 않았기 때문이었다.

양쪽 부모님들의 반대로 자칫 무산될뻔 하다가 어렵사리 성사된 결혼식이었기에 그 기쁨은 더할수 없이 크기만 했다.
양가 부모님으로부터 결혼 승낙을 받던날, 감격에 겨운 블런트가 자신의 입술에 정열적인 사랑의 키스를 퍼붓던 그 순간만 생각하면 캐서린의 가슴은 금방이라도 터져버릴 듯 황홀하기만 했다.
'앞으로의 내 인생은 온통 당신과 내가 사랑했었던 날들로만 기억될 것이오. 영원히…'
그러나 인간사 호사다마(好事多魔)라고 결혼식을 불과 1주일 남겨둔 상황에서 뜻하지 않은 사고가 하나 발생했다.
친구를 잠시 만나러 나갔던 캐서린이 그만 횡당보도 앞에서 교통사고를 당한 것이다.
사고 즉시 병원으로 후송되어져 다행히 생명은 건졌지만 캐서린의 육신은 성한 곳이 거의 없을 정도로 처참하게 망가져 버렸다.
살가죽은 여기저기 찢겨져 나갔고 뼈마디는 수십군데가 부러져 버렸다. 여기에다 장기 기능 일부마저도 파열되어 그야말로 살아남았다는 그 자체가 미스테리할 정도였다.
캐서린은 수차례의 수술을 받았지만 끝내 두다리를 절단해야만 했다.
소식을 듣고 병원으로 달려갔던 캐서린의 부모와 그녀의 약혼자 블런트는 할말을 잃은채 넋나간 표정으로 한동안 아무말도 하지를 못했다.

"오, 하나님! 결혼식을 불과 1주일 밖에 안남겨 놓고 어떻게 이토록 끔찍한 일이…"

망연자실한 표정으로 우두커니 서있던 캐서린의 부모들이 하나님만 계속 애타게 찾자 약혼자인 블런트가 위로하듯 말했다.

"아직 절망할 단계는 아닙니다. 캐서린은 그 누구보다도 강한 여자입니다. 그녀는 반드시 이 시련을 극복하고 예전처럼 다시 일어설수 있을 것입니다. 부디 용기를 잃지말고 희망을 갖도록 합시다. 저 역시도 끝까지 캐서린과 함께 할 것입니다."

그러나 블런트는 이 말을 마지막으로 캐서린 곁을 영원히 떠나버렸다.

그동안 캐서린 앞에서 수도없이 사랑한다고 맹세했지만 그건 어디까지나 캐서린의 육신이 정상일때의 이야기일 뿐이었다.

불구가 되어버린 캐서린을 평생토록 책임질 정도로 그의 사랑은 그렇게 깊지도, 너그럽지도 않았던 것이었다.

며칠 뒤 의식이 다시 깨어난 캐서린은 자신이 불구가 되었다는 사실보다도 사랑하는 사람이 자신을 헌신짝처럼 버렸다는 배신감 때문에 몇날 몇일을 미친 듯 울부짖었다.

일순간에 사랑하는 사람과 두 다리를 잃어버린 캐서린은 비록 매번 무위로 끝나기는 했지만 하루가 멀다하고 자살을 시도하였다.

'아, 죽고 싶은데도 내 맘대로 죽을수가 없다니….'

최소한의 의욕까지 상실해 버린 캐서린은 감당하기 힘든 현실의 고통에서 벗어나기 위해 집으로 돌아온 후에도 계속 자살을 기도하였다.

그러나 그것도 하루 이틀이지 거의 매일 밥먹듯이 무위로 돌아가다 보니 그마저도 지쳐서 포기하는 지경에 이르게 되었다.

삶의 최종 목표인 자살마저도 포기해 버린 캐서린은 모든 의욕을 상실한채 오직 자신의 방안에만 틀어박혀 눈물과 한숨으로만 세월을 보냈다.

캐서린에게 있어 생애 가장 잔인했던 겨울이 가고 봄이 찾아왔을 때였다.

커튼이 드리워진 어두운 방안에서만 지내던 캐서린은 어느 따스한 봄날 아침, 별다른 생각없이 창문이 있는 쪽으로 휠체어를 끌고갔다. 그리고는 잠시 머뭇거리다가 그동안 단 한 번도 열어본적이 없는 커튼을 조심스럽게 옆으로 밀쳐보았다. 비누 거품처럼 맑고 투명한 햇살이 바깥 세상을 아름답게 빛추고 있는 가운데 황량하기만 하던 들판은 어느새 푸른옷으로 갈아입은 생명체들로 가득차 있었다.

'저 아름다운 세상과 같이 호흡하지 못하고 이렇게 숨어서만 지켜봐야 하다니….'

캐서린의 입에서는 안타까움 섞인 한숨이 절로 새어나왔다.

스물 일곱의 나이에 죄인처럼 방안에만 틀어박혀 자신의 처지를 비관하며 살아야 한다는 것이 캐서린으로서는 못내 서럽고 억울하기만 했다.

'다시는, 다시는 저 아름다운 세상으로 나갈수 없을거야.

사고로 두 다리를 잃는 순간 난 인간이 행복함을 누릴 수 있는 최소한의 권리마저도 신으로부터 박탈 당한거야. 만약 내가 저 아름다운 세상 밖으로 나가게 된다면 사람들은 다리병신 주제에 자신들과 동등한 삶을 누리려 한다고 손가락질을 해대겠지.

내가 왜, 내가 어쩌다 이렇게 된거지? 증오와 원망감으로 가득찬 내 가슴은 이렇게 썩을대로 썩어서 금방이라도 문드러져 버릴것만 같은데 왜 세상은 저토록 아름다운거지? 왜 아무것도 달라지는 것이 없느냔 말야? 왜, 왜, 왜….'

자신의 처지를 비관하던 캐서린의 두눈에서 서러운 눈물이 막 쏟아져 내리려할 때였다.

이루 말할수 없는 정도로 고운 향기가 어딘가에서 은은하게 흘러나왔다. 캐서린은 고개를 약간 숙여 창 아래쪽으로 시선을 옮겨보았다.

언제 꽃망울을 터뜨렸는지는 몰라도 담장 뜰 아래에는 이른 봄에 피는 꽃들중에서 특히 사람들의 발길이 잘 닿지않는 깊은 산속에서나 가끔씩 볼 수 있는 야생화가 빼꼼히 피어나 있었다.

꽃을 유난히도 좋아했던 캐서린으로서는 이보다 더 반가운 손님은 없었다.

캐서린이 창문을 열고 밖으로 고개를 내밀자 꽃들은 마치 기다리기라도 했다는 듯이 자신들이 뿜어낼수 있는 가장 고운 향기를 맘껏 발산했다. 캐서린은 한참동안이나 그 고운 향기를 코끝으로 음미했다.

'나도 한때는 저 꽃들처럼 아름다웠던 시절이 있었는데… 나만의 향기를 가꾸기위해 노력하던 그 아름다웠던 시절이… 저 꽃들처럼 남을 미워하거나 원망하기 보다 오직 나만의 꿈을 소박하게 키우다 어느날 갑자기 한점 미련도 없이 생을 마감할수 있다면… 아, 얼마나 좋을까?'

설레임과 반가움 그리고 아쉬움 따위의 감정들이 복잡미묘하게 교차하는 가운데 캐서린은 짙은 어둠이 대지를 뒤덮는 그 순간까지 담장 밑에 소박하게 피어오른 꽃들을 유심히 바라보았다.

다음날 아침이 되었을 때도 마찬가지였다.

캐서린은 눈을 뜨기가 무섭게 창문을 활짝 열어 젖히더니 한껏 흥분된 목소리로 꽃들에게 인사부터 먼저 건넸다.

"안녕, 밤새 잘 지냈니?"

캐서린의 목소리는 전날에 비해 훨씬더 활기차 있었다. 꽃들은 마치 캐서린이 하는 말을 알아 듣기라도 하듯 고개를 살랑살랑 흔들어 주었다.

"우리 앞으로 좋은 친구가 되어 친하게 지내자. 음… 내 이름은 캐서린야. 불과 얼마전까지만 해도 이 세상에서 가장 행복한 여자중에 한 사람이었지만 지금은 아냐.

나를 끔찍이도 사랑해 주던 사람이 내곁에서 떠나가 버렸거든… 사고로 두 다리를 잃어버려서 휠체어 없이는 단 한 발자국도 걸을수가 없게 되었고….

참 가엾고 불쌍한 인생이지? 꿈도 희망도 없는, 그저 목숨이 붙어서 어쩔수 없이 사는 그런 한심한 인생말야. 하지만 이젠 괜찮아. 내 인생도 앞으로는 많이 달라지게 될거야. 왜냐구? 이젠 내게도 좋은 친구들이 많이 생겼으니까 말야. 내 마음속 깊은 곳에 꼭꼭 숨겨놓았던 부끄러운 비밀들을 있는 그대로 다 보여주고 털어놓아도 결코 그것이 흉이될까 염려하지 않아도 될 그런 좋은 친구들이 지금 내곁엔 이렇게나 많이 있으니까."

캐서린의 하루 일과는 어느덧 담장 아래 소담스럽게 피어오른 야생화와 인사하는 것을 시작으로하여 야생화와 마지막 인사를 고하는 것으로 끝이났다.

야생화에 대한 캐서린의 애착은 날이 갈수록 깊어만 갔다. 처음에는 창밖을 통해 대화를 나누다가 급기야는 담장 아래로 직접 휠체어를 끌고 내려가 야생화의 꽃잎을 어루만져 주기도 하고 때론 입맞춤을 해주기도 하고 벌레가 있으면 손수 잡아주기까지 했다.

방안에만 있던 캐서린이 처음 밖으로 나왔을 때만 하

더라도 캐서린의 부모님은 그녀가 서서히 마음의 안정을 찾아가는 증거라며 크게 기뻐했었다. 그러나 곧 그 기쁨은 근심과 걱정으로 바뀌고야 말았다.

일단 꽃무리속으로 들어가면 누가 옆에서 아무리 큰 소리로 불러도 아무런 대꾸조차 하지않는 것은 물론이고 식사를 거르는 것도 이젠 아예 다반사가 되버렸기 때문이었다.

"여보! 캐서린의 정신이 어떻게 된 것이 아닐까요? 꽃들과 대화를 나눈다고 하루 온종일 아무것도 안먹고 저 혼자 저렇게 떠들어대고 있으니…."

'오, 가엾은 내딸 캐서린! 저러다 건강이 악화되어 쓰러지기라도 한다면….'

"저 녀석의 건강도 문제지만 더 큰 문제는 저 꽃들이 모두 져버렸을 때요. 캐서린에게 있어 전부인 저 꽃들이 모두 져버렸을 때 그 애가 받을 충격과 실망감을 한번 생각해봐요. 어쩌면 캐서린은 예전에 사고를 당했을 때보다 더 큰 충격을 받게될 지도 몰라요."

"그럼 어떻게 해야 되나요?"

"지금으로서는 특별한 방법이 없소. 그저 캐서린에게 무슨 일이 일어나는가를 멀리서나마 지켜보는 수 밖에는…."

그러나 캐서린 부모들의 이런 생각들은 단지 기우(杞憂)에 지나지 않았다.

꽃은 계절의 변화에 따라 그 종류와 모양새만 약간 달

랐을뿐 계속 새로이 피어났다.
시간이 지날수록 종류도 갈수록 다양해져서 가을이 되었을 때는 그 수를 이루 다 헤아릴수 없을 정도였다. 보다 많은 친구들을 얻게된 캐서린의 얼굴에서는 잠시도 행복한 미소가 떠날 날이 없었다.
그렇게 한해가 가고 다음해 봄이 찾아왔을 때였다.
캐서린의 집안 뜰은 물론이고 담장 밖으로도 파릇한 새싹이 돋아나기 시작하더니 며칠후 작년에는 미처 보지 못했던 새로운 종류의 야생화들이 하나 둘씩 꽃망울 터뜨리기 시작했다.
새싹이 돋아날 때부터 담장 아래에 쪼그려 앉아있던 캐서린은 함박웃음을 지으며 새로운 친구들과 일일이 인사를 나누었다.
"안녕, 또 찾아주었구나? 너희들을 만나게 되어서 정말 반가워."
불과 한해전만 하더라도 자신의 두 다리를 빼앗아간 뺑소니 운전수에 대한 증오심과 자신을 매몰차게 버렸던 애인에 대한 원망감으로 가득차 있었던 캐서린의 얼굴에서는 환한 미소만이 흐를뿐 그 어떤 어두운 그림자도 드리워져 있지 않았다.
비록 그다지 긴 세월은 아니었지만 캐서린은 그동안 꽃들에게서 용서하는 법과 자신을 사랑하는 법을 배우게된 것이다.
"남을 미워하게 되면 그 미워하는 감정만큼 나 자신이

더 힘들어진다는 것을, 그리고 남을 사랑하는 것보다 미워하는 것이 더 힘들다는 것도 너희들을 통해 깨닫게 되었어. 정말 고맙다. 얘들아!”

한해가 지나고 또다시 그 다음해 봄이되어도 꽃들은 어김없이 캐서린의 집으로 찾아왔다.

꽃들과 더불어 사는동안 캐서린은 어느덧 예전의 그 밝은 모습을 거의다 되찾게 되었고, 주변 사람들과도 격의없이 인사를 나눌수 있게 되었다.

그러자 그동안 딸 문제로 마음 고생이 심했던 캐서린의 부모들도 그제서야 비로소 안도의 한숨을 내쉴수 있게 되었다.

“정말 잘된 일이예요. 마음의 문을 굳게 닫고 있던 저 아이가 뒤늦게나마 예전의 그 밝은 모습을 되찾게 되어서 말이에요. 안 그래요, 여보?”

어느 따사로운 봄날 아침이었다.

꽃무리들 속에 들어가 즐겁게 노닐고 있는 딸아이의 모습을 지켜보던 캐서린의 어머니가 흐뭇한 미소를 지으며 말하자 그녀의 남편은 입술을 굳게 다문 상태에서 고개만 가볍게 끄덕였다.

“여보, 그런데 이상하지 않아요?”

“뭐가 말이오?”

“누가 매년 봄부터 가을까지 저렇게 단 한 번도 거르지 않고 우리집 담장 밑에다 꽃씨를 뿌리는 것일까요? 그것도 아무곳에서나 흔히 볼수 있는 그런 꽃이 아닌 깊은 산속에서나 힘겹게 볼 수 있는 귀한 꽃으로 말이예요. 마치 캐서린이 그런 꽃들을 무척이나 좋아하고 있다는 것을 잘 알고 있기라도 한것처럼 말이예요."

"사실은 나도 그동안 그점을 의아하게 생각하고 있었소. 지나던 사람이 그냥 뿌려놓은 것 같지는 않고, 그렇다고 누가 의도적으로 뿌려 놓는다는 것도 어쩐지 이상하고…."

"당신도 알다시피 캐서린은 그 꽃씨를 우리가 뿌려놓은 줄로만 알고 있잖아요.

여보, 우리 그러지 말고 누가 우리집 담장밑에 꽃씨를 뿌려놓고 가는지 한 번 알아보기로 합시다.

부모인 우리들도 감히 생각하지 못했던 그 대단한 일을 누가 그렇게 계속 하고 있는지 알아야 감사의 마음이라도 전할게 아니에요. 증오심과 원망감으로 가득찼던 캐서린의 얼굴에서 저토록 밝은 웃음을 나올수 있게 만든 고마운 사람인데… 안그래요?"

"당신 말이 맞소. 나 역시도 늘상 당신과 같은 생각을 하고 있었소. 그런데 그 사람이 누군지 어떻게 알아낸단 말이오?"

"그건 그리 힘든 일이 아니지요. 지금 담장 밑에 피어있는 꽃들이 시들무렵이 되면 새로운 종류의 꽃씨를 뿌리러 그 사람이 반드시 우리집에 다시 나타날거 아니예요. 그때 우리들이 기다리고 있다가 그 사람과 만나면 되죠."

"좋아요. 성공할지는 모르겠지만 일단 당신 생각대로 한 번 해봅시다."

5월달의 달력이 찢겨져 나가고 6월달 달력이 처음 얼굴을 내밀었을 때였다.

캐서린의 부모들과 가정부는 서로 일정량의 시간을 각자 분담하여 집 주위를 감시하기 시작했다.

말 그대로 24시간 감시체제에 들어간 것이다. 그러기를 보름여 정도 계속했을 때였다.

드디어 야밤을 이용해 캐서린의 집 담장 밑에 꽃씨를 뿌려놓고 재빨리 어디론가 다급하게 달아나려던 한 사내를 겨우 발견 할 수 있었다.

"당신은 누구죠?"

꽃씨를 뿌리던 사람은 뜻밖에도 꿰제제한 옷에, 얼굴에는 수염이 더부룩하게 난 육십이 훨씬 넘어보이는 노인이었다.

캐서린의 부모들로서는 생전 처음보는 낯설은 얼굴이었다.

몇번이고 만류하는 것을 겨우 설득하여 집안으로 데리고 들어온 캐서린의 부모들은 그동안 궁금하게 생각했던 사항들에 대해 노인에게 차분하게 물어보았다.

"어르신께서는 누구시길래 저의집 담장 아래에 매년 단 한 차례도 빠뜨리지 않고 그 귀한 꽃씨를 뿌려놓고 가신 것입니까?"

"……"

"혹시 우리 딸 아이에 대해 잘 알고 계십니까?"

"……"

"무슨 연유로 그렇게 고마운 일을…"

"……"

눈동자가 몹시 지쳐있는 노인은 캐서린 부모들의 질문에 대해 일체의 답변도 하지 않은채 고개만 깊숙히 떨구고 있었다.

"저희들이 초면에 너무 무례를 범한 것 같습니다. 답변하시기 곤란하시면 안하셔도 됩니다. 저희들은 그냥 어르신께 어떤 식으로든 감사의 뜻을 전하고 싶어서 그만…"

고개를 숙인채 입술을 바르르 떨고있던 노인이 갑자기 울음을 터뜨린 것은 잠시후였다.

"어르신 갑자기 왜 이러십니까?"

캐서린 부모들의 만류에도 불구하고 노인은 급기야 무릎까지 꿇었다.

"죄… 죄송합니다. 부디 용서를…"

감사의 뜻을 전하려했던 캐서린 부모들은 노인의 돌발적인 행동에 어쩔줄을 몰라하며 서로의 얼굴만 번갈아가며 쳐다보았다.

"어르신! 갑자기 왜 이러십니까? 무슨 연유 때문에 이러시는지 모르겠지만 일단 자리에서 일어나십시오."

"아니오! 아니오! 난 그럴 자격이 없는 죄많은 인간이오."

"아니, 그게 무슨 말씀이십니까? 어르신께 대체 무슨 죄가 있다고… 그러지 말고 일단 자리에서 일어나셔서 차분하게 말씀 좀 해보십시오?"

캐서린의 아버지가 계속 타이르자 노인은 체념하듯 자리에서 일어났다. 그리고는 눈물을 연신 훔치면서 건조하게 메마른 입을 조심스럽게 열었다.

"지금으로부터 약 5년전이었소. 어느날 사업문제로 내 아들 로마리오와 심하게 다툰적이 있었는데 그날 저녁, 기분이 상한 로마리오는 차를 몰고 집밖으로 횡하니 나가버려었지요. 그런데 다음날 아침이 되어서야 겨우 집으로 되돌아온 로마리오의 얼굴은 평소 때와는 달리 몹씨 상기되어 있었소. 아무말도 못한채 부들부들 떨기만 하는 로마리오의 얼굴을 보는 순간 난 녀석의 신상에 아주 안좋은 일이 일어났다는 것을 직감으로 알수가 있었죠. 그래서 무슨 일 때문에 그러느냐고 몇번이나 다그치듯 캐물었지요. 하지만 로마리오는 끝내 침묵만을 지켰소. 그런데…"

노인이 하던말을 잠시 중단하고 탁자위에 놓여있는 음료수잔에 입을 대자 캐서린 부모들은 어떤 알 수 없는 악몽을 다시 재현할 때처럼 돌연 긴장한 표정을 지어보였다. 음료수 잔을 단숨에 들이킨 노인이 다시 입을 연 것은 잠시후였다.

"그로부터 며칠후, 로마리오는 그동안 자신이 해오던 사업을 가족들과 상의 한마디 없이 정리해 버리고는 그

길로 집에서 약 5마일 정도 떨어진 깊은 산속으로 들어가 버렸죠. 그후로 몇 년동안 가족들은 로마리오에게 무슨 일이 벌어졌는지, 심지어는 그 녀석이 죽었는지 살았는지조차 알길이 없었소. 그런데 작년 이 맘때였을 거요. 병원에서 갑자기 연락이 와서 달려가 보았더니 로마리오가 싸늘한 시체가 되어 영안실에 누워있더군요. 그래서 병원 관계자에게 어떻게 된 일이냐고 물었더니 가파른 벼랑 아래에 떨어져 죽어있는 것을 지나던 등산객이 발견해서 신고했다고 하더군요. 로마리오가 죽었을 당시 녀석의 등뒤에는 배낭을 메고 있었는데 유품을 정리하기 위해 그 가방을 뒤지던 난 그만…."

감정이 북받쳐 오르는지 노인은 잠시 멎었던 눈물보를 다시 터뜨렸다. 그러자 이번에는 침묵으로 일관하던 캐서린의 아버지가 나섰다.

"정 힘드시면 그만 하십시오."

"아… 니오. 이왕 말 나온김에 모든 것들을 사실대로 다 털어 놓겠습니다. 그래야 제 맘도 편안해질 것 같고…."

노인은 손수건을 꺼내 흐르는 눈물을 쓰윽 한 번 훔치더니 차분한 어조로 또박또박 말을 이어나가기 시작했다.

"배낭속에는 온갖 종류의 야생꽃씨가 여러개의 비닐봉지에 밀봉된채 하나 가득 들어 있었소. 낡은 일기장 하나와….

일기장을 처음부터 끝까지 읽어본 후에야 비로소 5년 여전에 로마리오에게 무슨 일이 일어났었는지, 그 녀석이 왜 집을 뛰쳐나가 깊은 산속으로 숨어들어 갔는지, 그리고 그 녀석이 죽는 순간까지 놓치지 않고 악착같이 부여잡았던 배낭속에 웬 꽃씨가 그리도 많이 들어 있었는지에 대해서도 상세히 알수 있게 되었소."

노인은 말을 중단한 후 품속에서 낡은 노트 하나를 꺼내 캐서린의 부모들 앞에 살며시 들이 밀었다.

"이 늙은이의 입을 통해 듣는 것 보다는 로마리오가 쓴 일기장을 직접 한 번 보시는 것이 훨씬 더 나을것 같군요."

캐서린의 아버지는 몇번이고 망설이다가 떨리는 손으로 조심스럽게 로마리의 낡은 일기장을 펼쳐보았다.

〈1985년 12월 15일.

아버지와 싸우고난 후 홧김에 차를 급히 몰고가다 낯선 여자를 치어버린지 어느덧 일주일이 지났다.

어떻게 하다 내가… 이런 끔찍한 일을 저지르게 되었는지… 너무 무섭고 두렵기만 하다.

이젠 어떻게 하지? 그녀에게 찾아가 용서를 빌고 자수를 할까? 아냐, 설령 그런다 해도 그녀는 결코 날 용서하지 않을거야. 그럼 차라리 죽어버릴까? 그러면 그녀에 대한 죄책감이 사라질까? 아냐, 아냐, 이것도 아냐. 그럼 어떻게 해야하지? 난…난…난.

〈1985년 12월 24일.

우연히 그녀의 신상에 대해 알게되었다.

그녀의 이름은 캐서린. 나이는 28세. 좋아하는 것은 꽃, 그중에서도 주변에서 흔히 볼 수 있는 그런 꽃이 아닌 깊은 산속에서나 가끔 볼 수 있는 야생화….

그래, 속죄하는 마음으로 그녀에게 약간이나마 위안을 줄 수 있는 일을 한 번 해보자.

자수는, 자살은 그 뒤에 생각하기로 하고….

저 멀리에서 아득하게 크리스마스 캐롤송이 울려퍼진다.

아, 만약 내가 그 끔찍한 사고만 저지르지 않았어도 그녀는 지금쯤 사랑하는 사람과 함께 이 세상에서 가장 행복하고 아름다운 시간을 보내고 있을텐데….

나 때문에… 나 때문에… 그녀의 인생은 이제 엉망이 되어버렸다. 나 때문에….

〈1986년 4월 29일.

그녀가 드디어 굳게 닫아 두었던 창문을 열었다. 그리고는 내가 뿌린 꽃씨에서 자란난 꽃들을 바라본다.

향기를 느껴본다.

행복한 얼굴이다. 너무 기뻐서 자꾸만 눈물이 나오려한다. 내일은 어쩌면 그녀가 꽃들이 피어있는 곳으로 나오게 될지도 모른다. 꽃들을 바라보며 그동안 잃어버렸던 미소를 다시 환하게 지어 보일지도 모른다.
부디 그러기를 바랄뿐이다. 이런 생각만으로도, 꽃씨를 구하다 벼랑끝에서 굴러 떨어져 발목이 부러지고 나뭇가지에 살점이 찢겨져 나갔을 때의 고통이 거짓말처럼 사라져 버린다. 내일은 아무래도 더 깊은 산속으로 들어 가봐야 될 것 같다. 그러다 설령 길을 잃어 버린다 할지라도, 그래서 다시는 이 세상 밖으로 나올수 없게 될지라도, 그녀가 지난 악몽에서 한시라도 빨리 벗어날 수만 있다면 기꺼이….

〈1987년 10월 5일.
모처럼만에 마음이 홀가분하다.
그녀가 오늘 드디어 집밖으로 나왔다. 지나는 사람들을 보고 피하지도 않는다. 웃는 모습도 곧잘 보인다.
그녀의 잃어버린 두 다리를 보상해 줄수는 없지만 그녀의 잃어버린 웃음을 뒤찾아준 것만으로도 하나님께 거듭 감사를 드리고 싶다, 진심으로….
그녀가 내일은 더 밝게 웃을수 있길 기대해 본다.

〈1988년 7월 11일.
이젠 지쳤다. 더 이상 산에 오를 힘이 없다. 그녀를 곁에서 사랑으로 보살펴주고 지켜줄 사람이 나타날때까지는 어떻게 하던 버티어야 하는데… 꽃씨를 계속해서 더 뿌려줘야 하는데… 이제 그마저도 욕심이 되버린 것만 같다.

그래도… 여기에서 포기할 수는 없다. 아무 뜻없이 태어났다가 아무런 의미조차 남기지 않고 죽는다는 것은… 가장 큰 고통을 끌어안고… 아름다운 것들을 다 남겨두고… 그 아름다운 것들을 단 한 번도 음미하지 못하고 죽는다는 것은… 슬픈 일이다. 죄책감에 이끌려 다니다가….

멀리서 보이는 안개가 우수의 꽃이 되어 파르르 떨고 있다. 지금 이순간도….

〈1988년 7월 15일.

내일은… 그래 내일은… 벼랑 끝에 피어있던 그 꽃을… 그 꽃씨를… 언제나 욕심은 있었지만 두려움 때문에… 죽을지도 모른다는 두려움 때문에 여지껏 미루어 왔던… 그 절벽… 그 가파른 벼랑 끝으로 가는거다.

어쩌면… 이것이 마지막일지도 모른다는 생각이 든다… 꽃씨를 채취하는 것도… 일기를 쓰는 것도… 죄책감으로 울어야하는 것도….

내게 있어 세상은 단 한 번도 아름답지가 못했다. 그래서 한점 미련도 없으리라 생각했었는데, 그러나 죽는다는 것은 역시 두렵다.

얼마만큼 살다 죽을지를 알고 있다는 것은… 슬픈 일이다.

'너는 죽지 않아' 지금 누군가가 내곁에 있다면 나도

그의 가슴에 얼굴을 묻고… 이렇게 말하고 싶다. 넌 죽지 않는다고… 절대로.

일기장을 띄엄띄엄 읽어나가던 캐서린 부모들의 두눈은 어느 순간부터 붉게 충혈되어 지기 시작했다.

비록 자신의 딸을 불구로 만들어 놓았지만 죽는 그 순간까지 죄책감에 시달려야 했던 로마리오가 왠지 모르게 가엾게만 느껴졌기 때문이었다.

"그럼 아드님이 죽은후터는 영감님이 줄곧, 저희집에 꽃씨 를 뿌리신 것입니까?"

캐서린의 아버지가 눈시울을 붉히며 말하자 노인은 고개를 살짝 끄덕였다.

"작년부터 제가 죽은 아들을 대신해 꽃씨를 뿌려왔습니다. 그래야 로마리오가 죽어서라도 두눈을 제대로 감을수 있을건만 같아서지요."

"여, 영감님! 부디 이 늙은이를 봐서라도 우리 아들녀석을 이제 용서해주십시오."

"우리 딸 아이는 이미 영감님의 아들을 용서했습니다. 자신을 배신했던 옛 애인까지도요.

비록 두 다리는 잃어 버렸지만 영감님 부자(父子)의 숭고한 희생 덕분에 더 많은 것들을 얻게되었습니다.

그건 바로 그 어떤 악조건 속에서도 희망을 버려서는 안된다는 것이었습니다. 이 세상에 최악이란 단어는 존재하지 않습니다. 사람들 스스로가 그렇게 생각할 뿐이지요. 당신들은 우리들에게 그걸 깨닫게 해주었습니다."
"고, 고맙습니다. 로마리오도 이제 편안히 두눈을 감을 수 있을 것입니다."
주름진 노인의 눈가에 엷은 미소가 번질때였다.
휠체어에 앉아 줄곧 계단 아랫쪽을 주시하고 있던 캐서린의 두눈에서 하얀비 한줄기가 흘러내렸다.
그건 용서의 눈물이었다. 그리고 자신에게 희망을 주기위해 자신들의 전부를 기꺼이 다 내던진 로마리오 부자에 대한 감사의 눈물이기도 했다.

양아버지(養父)

로젠티가 학교에서 막 집으로 돌아왔을 때였다.

현관문을 열고 안으로 들어가니 낯선 남자의 구두가 한켤레 놓여져 있는 것이 보였다.

로젠티는 의아한 표정을 지으며 방안으로 들어가 보았다. 50대 초반 정도로 보이는 사내가 엄마와 마주앉아 정답게 이야기를 나누고 있는 모습이 보였다.

낯선 남자는 말끔한 정장복 차림을 하고 있었는데 체

격이 왜소한데다가 얼굴 역시 볼품없게 생겨 그다지 호감가는 얼굴은 아니었다.

"로, 로젠티 왔구나!"

엄마의 떨리는 음성으로 보아 로젠티는 낯선 남자가 엄마의 새 남자 친구라는 것을 본능적으로 알수 있었다.

엄마는 로젠티의 아버지가 죽은후 늘상 새로운 남자들을 번갈아 가며 집안으로 끌어들이곤 했었다.

그 숫자가 너무 많아 로젠티로서는 일일이 다 헤아릴 수 없을 정도였다.

어떤 남자는 한달여 정도 로젠티네 집에서 살다가 온다간다는 말도없이 슬그머니 사라져 버리기도 했고 또 어떤 남자는 잘 지내다가도 엄마와 크게 한 번 싸우고는 그 길로 영영 집에서 나가버리는 경우도 있었다.

아버지가 죽은것도 사실은 엄마의 바람끼 때문이라는 것을 너무도 잘 알고 있는 로젠티는 처음 한동안은 엄마가 새 남자 친구를 데리고 올때마다 한바탕씩 난리법석을 피웠다. 그러나 시간이 차츰 지나면서 아예 무관심한 태도로 일관하기 시작했다.

자신이 아무리 말리고 설득하고 타일러도 타고난 엄마의 남성편력은 어찌할수 없다는 것을 깨달았기 때문이었다.

"훗, 엄마도 이젠 한물 갔나보지? 예전에는 그래도 제법 폼나는 사내들을 집안으로 끌어들이더니 이제는 저런 폐물까지 상대하는 걸 보면 말야."
로젠티가 빈정대듯 말하자 엄마는 버럭 화를내며 자리에서 일어났다. 따귀라도 후려칠 자세였다.
그러나 손님을 의식해서 그런지 애써 웃음을 지으며 다정스런 목소리로 타이르듯 말했다.
"얘야, 손님 앞에서 그게 무슨 말버릇이니? 그러지 말고 잠시만 거기 앉거라. 너한테 아주 중요한 할말이 있어서 그래."
로젠티는 들어봤자 뻔한 이야기라는 투로 콧방귀를 '흥' 뀌며 고개를 옆으로 핵 돌려버렸다.
"인사해라. 이 분은 레퍼티 드 브리스씨로 우린 다음달에 정식으로 결혼식을 올리려고 한다. 그러니 너도 오늘부터 이분을 친아버처럼 생각하고 따르기 바란다."
"흥! 설마 이 양반은 지난번 그 인간처럼 엄마 없는 틈을 이용해 나를 범하려고 잠자는 내얼굴에 칼을 들이밀지는 않겠지?"
로젠티의 말이 끝나자 엄마의 얼굴은 백짓장처럼 사색이 되어버렸다. 엄마는 바르르 떨면서 다급하게 입을 열었다.
"얘는, 그게 무슨 소리니? 아 참. 그러고 보니 아직 저녁 식사를 하지 않아서 배가 많이 고프겠구나? 잠시만 기다려, 내가 금새 식사를…."
엄마는 도망치듯 방안에서 나갔다. 손님이 가고나면 쓸데없는 소릴 지껄였다고 온갖 욕설을 퍼부으며, 경우에 따라서는 폭력까지도 서슴없이 휘두를 엄마였지만 손님때문인지 품위를 잃지 않으려고 무던이도 노력하는 기색이 역력했다.

로젠티가 엄마의 뒷모습을 보면서 인생이 불쌍하다는 듯 낄낄낄 소리내어 웃고 있을 때였다.

죄인처럼 아무말없이 고개를 숙이고 있던 레퍼티씨가 톤이 없는 나즈막한 목소리로 조용히 입을 열었다.

"미안하구나. 나 때문에 괜히 네가…."

비록 외적으로는 전혀 볼품이 없었지만 레퍼티씨의 두 눈은 그저 한없이 착해 보이기만 했다.

로젠티는 여전히 화난 어투로 비꼬듯 말했다.

"마치 내 친아버지라도 된듯한 어투군요. 이봐요, 레퍼티씨? 제발 정신 좀 차리세요. 당신의 그 빈약한 몸매로는 밤마다 우리 엄마 만족 시켜 드릴수 없어요. 그동안 당신보다 훨씬 더 젊고 건장한 남자들이 수도없이 우리집을 들락거렸지만 거의 대부분 한달도 못버티고 이집에서 다 도망쳐 버렸다고요.

괜한 일에 시간만 낭비하지 말고 좋은말 할 때 다른 여자 찾아서 떠나는 것이 당신 신상에도 이로울 거에요."

"애야, 그동안 아무리 엄마의 행실이 좋지 않았다 하더라도 엄마를 그런식으로 얘기해서는 안되는 거란다."

"아까는 마치 내 아버지가 된것처럼 말하더니 이번에는 선생님이라도 된듯한 말투군요?"

"네가 모르는 것이 하나 있는것 같구나. 난 네 엄마를 사랑해. 진심으로…."

"사랑요? 호홋. 누구나 처음에는 그런 소릴 하더군요. 사실은 엄마의 몸뚱아리가 탐나서 그러면서…."

"만약 네 엄마의 육체가 탐나서 그랬다면 차라리 돈을 주고 여자를 사면샀지 여기까지 오지도 않았을 것이다. 내가 여기까지 찾아온 것은 네 엄마를 상대로 내 욕구를 해소시킬려고 그런 것이 아니라 단지 네 엄마와 함께 있고 싶어서 그런 거란다."

"그 말이 그 말이잖아요. 도대체 뭐가 다른거죠?"

"난 고아로 태어나서 오십이 넘는 나이동안 평생을 혼자서 지내왔었다. 그래서 늘상 가족이 있는 사람들을 부러워 하며 살았었지. 그러나 막노동하며 하루살이처럼 사는 볼품없고 가난한 나한테 시집 오겠다는 여자는 없었다.

그런데 얼마전에 우연히 네 엄마를 만나게 되었단다. 엄마는 그동안 자신이 살아왔던 과거의 모든 일들을 나에게 사실대로 다 털어놓았다. 그러면서 네 얘기를 꺼내더구나. 앞으로 남은 자신의 인생을 이젠 딸아이를 위해 살고 싶으니 나에게 도와 달라고 말이다. 그저 그 아이에게 좋은 아버지만 되어주면 더 이상 바랄것이 없다고…."

"순진하게도 엄마가 한 그 말을 고지곧대로 믿어요?"

"믿는다. 엄마가 나에게 그 말을 했을 때 엄마의 두눈에서는 눈물이 나오고 있었다. 그건 거짓이나 위선의 눈물이 아닌 마음속 깊은 곳에서 흘러나오는 진실한 눈물이었다.

내가 이 나이가 되도록 얻은 것이 있다면 그건 사람을 보는 눈이다. 거짓과 진실을 구별해 낼수 있는 마음의 눈 말이다."

"아저씨가 잠시 착각했을 거에요. 엄마는 절대로 그럴 사람이 아니에요."

"너한테 이런 말 하기는 좀 뭐하지만 사실은 나, 남자구실을 못한다. 예전의 사고로 그 기능을 완전히 상실해 버렸기 때문이다.

엄마도 이 사실을 알고 있다. 만약 엄마가 자신의 성적 욕구를 해소시킬수 있는 사내를 찾았다면 나같이 못생기고 허약하고 가진 것 없고 거기에다 남자구실도 못하는 사람을 거들떠 보기라도 했었겠니?

이 나이에 무슨 주책이냐고 하겠지만 엄마와 난 서로를 사랑한다. 진심으로, 그래서 얼마남지 않은 인생이나마 같이 지내고 싶어서 결혼을 하려는거란다.

제발 우리들의 결혼을 허락해다오. 비록 너와는 피 한방울 섞이지는 않았지만 정말 좋은 아버지가 되도록 노력하마…."

레퍼티씨는 이전에 로젠티의 엄마가 집안으로 끌어들였던 사내들과는 여러모로 달랐다.

뭐랄까. 아직 세상물정에 길들여지지 않은 사람처럼

한없이 선량하고 진솔해 보였으며 악의나 사심같은 것은 전혀 찾아볼수가 없었다.

강경 일변도로 나가던 로젠티의 마음은 자신도 모르게 잠시 흔들렸다. 그러나 경멸과 환멸의 대상이었던 엄마의 새남자라는 이유 하나만으로도 레퍼티씨에 대한 로젠티의 거부감은 좀처럼 사그라 들지 안았다.

"엄마랑 동거를 하든 결혼을 하든 두사람이 알아서 맘대로 하세요. 그건 당신들의 자유이니까요.
대신 날 당신의 딸로 취급하거나 당신이 내 아버지로 대우 받기를 바라지는 마세요. 죽는 그 순간까지 난 당신을 내 아버지로 인정하지 않을테니까요. 절대로…"

로젠티는 끝내 엄마와 레퍼티씨의 결혼을 허락하지 않았다. 엄마는 예전처럼 딸의 의사를 무시한채 일방적으로 결혼식을 올리려 했다. 그러나 정식으로 결혼하여 단란한 가정을 이루는 것이 소원이었던 레퍼티씨의 갑작스런 반대로 그 계획은 무산되었다.

그건 순전히 로젠티에 대한 레퍼티씨의 배려 때문이었다. 정식으로 결혼을 하게되면 가정법에 따라 자식은 자신이 원하든 원치않든 법적으로 새아버지의 성을 따라가야 하는데 레퍼티씨는 로젠티에게 친아버지의 성을 그대로 물려주기 위해 일부러 정식 결혼은 물론 혼인신고조차 하지 않았다.

법적으로는 남남인채로 레퍼티씨와 엄마는 곧 동거생활에 들어갔다. 그러나 로젠티는 별다른 반응을 보이지 않았다. 그저 엄마의 새 남자가 집안에 들어와 사는구나, 저러다 며칠 있으면 또 나가겠지, 하는 식으로 두사람의 일에는 전혀 관심을 보이지도 않았고 관여 하지도 않았다.

그렇게 한달여의 시간이 지난 어느 여름날이었다.

로젠티가 마지막 수업을 끝내고 막 교실에서 나오려고 하는데 일기예보에도 없던 소낙비가 갑자기 세차게 내리기 시작했다. 우산을 가지고 온 학생은 극소수에 불과했기 때문에 대부분의 학생들은 그냥 비를 맞으며 걸어갔다.

당시 로젠티는 때아닌 여름감기로 심하게 고생하던 터라 자칫 비라도 맞게되면 어떤 안좋은 상황이 벌어지게 될지도 모르는 상태였었다.

비가 그치기만을 손꼽아 기다리던 로젠티가 끝내 포기를 하고 빗속으로 몸을 막 던지려 할 때였다. 한손에 우산을 든 자그마한 체구의 사내가 숨을 헐덕이며 로젠티를 향해 달려왔다.

"휴유! 내가 제때 시간 맞춰서 왔구나. 옛다, 우산."

얼굴이 빗물인지 땀인지 모를 물기로 흠뻑젖어 있는 상태에서 가쁜 숨을 내쉬며 우산을 건네주는 사람은 다름아닌 양아버지인 레퍼티씨였다.

공사장에 나가는 레퍼티씨는 비가 내리는 날이 비로소 쉬는 날이다. 그런데 작업복 차림으로 찾아온 것으로 보아 어디에선가 일을 하다가 비가 내리자 감기 걸린 로젠티 생각이 나서 우산을 들고 급히 달려온 것이 분명해 보였다. 로젠티는 전혀 예상치 못한 일인 듯 한동안 두눈만 커다랗게 치켜떴다.

"창피하게 학교는 뭣하러 찾아와요? 에잇!"

약간의 고마움이 느껴지기는 했지만 로젠티는 전혀 내색하지 않고 화부터 버럭냈다. 그리고는 레퍼티씨의 우산을 낚아채듯 빼앗아 쓰고는 뒤도 돌아보지 않은 상태에서 횡하니 가버렸다.

그후 로젠티가 학교를 졸업하고 직장에 들어갔을 때까지도 양아비지인 레퍼티씨는 비만 내리면 우산을 들고 습관처럼 로젠티를 마중나오곤 했다. 그러나 로젠티는 그런 양아버지에게 단 한 번도 고맙다는 말을 하지 않았다. 오히려 쓸데없는 짓을 한다며 무안할 정도로 질책만 하였다.

그러던 어느 겨울날이었다.

로젠티가 직장일을 끝내고 퇴근을 하기위해 회사문을 나서려고 하는데 갑자기 천둥 번개를 동반한 비가 매섭게 쏟아져 내리기 시작했다.

퇴근 준비를 하던 사람들은 갑자기 쏟아진 비 때문에 온갖 야단법석을 다 떨었지만 로젠티만은 자판기 커피를 뽑아먹으며 느긋한 표정으로 겨울비를 감상하고 있었다.

약간만 기다리고 있으면 언제나처럼 양아버지인 레퍼티씨가 우산을 들고 나타날 것이 뻔했기 때문이었다.

그런데 어찌된 일인지 그날따라 양아버지인 레퍼티씨는 모습을 드러내지 않았다. 평소때 같았으면 늦어도 30분안에는 나타났을텐데 한시간을 기다리고 두 시간을 더 기다려도 나타날 생각을 하지 않았다.

겨울비를 감상하던 로젠티의 여유로운 얼굴은 시간이 지나면서 점점더 처참하게 일그러졌다.

"정말 짜증나 죽겠네. 이 양반은 왜 이렇게 안오는거야?"

로젠티는 결국 씩씩거리며 택시를 타고 집으로 돌아왔다.

"아니, 사람 약올리는 것도 아니고 이렇게 비가 오는데 마중을 안나오면 어떻해요?"

투덜거리며 집으로 돌아온 로젠티를 보며 엄마는 철이 없어도 너무 없다는 표정을 지으며 혀를 끌끌찼다.

"이것아? 네 아버지가 왜 이렇게 된줄 알아?

몸이 안좋아 온몸이 불덩이인데도 널 마중나간다고 고집을 부리다 집앞에서 쓰러지셔서 그래."

로젠티는 엄마의 말을 듣는 순간 가슴이 뜨끔해졌다. 자신 때문에 그렇게 된줄도 모르고 오히려 마중 나오지 않았다고 화부터낸 것이 그렇게 미안하고 죄송스러울 수가 없었다.

"고열 때문에 정신을 잃었는데도 널 마중나가야 한다고 지금도 계속 헛소리 중이셔. 자 봐라!"

의식을 잃은 상태에서 뭐라고 계속 떠들어대고 있는

양아버지인 레퍼티씨 오른쪽 손에는 우산이 하나 들려져 있었다.

"아무리 빼앗으려고 해도 소용이 없어. 의식을 잃은 상태에서도 어찌나 강하게 움켜쥐고 있는지 내 힘으로는 도무지 어쩌지를 못할 정도야. 장작개비처럼 삐쩍 마른 양반이 어디에서 그런 힘이 나는지, 나원 참…."

그로부터 3년후, 로젠티는 1년여전부터 줄곧 사귀어 오던 남자와 결혼을 하게 되었다.

결혼을 2주일 정도 남겨 놓았을 때였다. 청첩장을 만드는 문제로 집안 식구들끼리 상의를 하게 되었다. 다른 것들은 별다른 문제가 없었는데 청첩장에 써넣는 이름이 문제였다.

레퍼티씨가 로젠티를 생각해서 혼인신고를 하지않는 바람에 아버지인 레퍼트씨와 딸인 로젠티의 성이 각각 다르기 때문이었다.

"로젠티야. 청첩장에 내 이름을 써넣을 때 네 성을 따서 레퍼트 조 커리라 쓰려무나. 모든 사람들이 너를 로젠트 조 커리로 알고있는데 갑자기 내 성을 따서 로젠티 드 브리스로 바꾸면 어떻게 생각하겠느냐? 다른 사람들은 그렇다손 쳐도 너의 시댁쪽에서 보면 아무래도…."

로젠티는 그동안 단 한 번도 아버지라 부르지 않았던 레퍼트씨의 얼굴을 가만히 쳐다 보았다.

못된짓만 골라서 하고 가슴에 비수를 꽂는 말만 밥먹

듯이 지껄이는 자신을 위해 무엇이든 다 주려하고 무엇이든 다 양보하려하는 레퍼트씨가 도무지 이해가 되지 않았기 때문이었다.

너무 착해서 그런 것인지 아니면 어디가 모자라서 그런것인지….

"난 괜찮다. 그깐 성이 부리스에서 커리로 좀 바뀌면 어떠냐. 중요한건 네가 행복하게 잘 사는 거야. 다른건 무조건 그 다음 문제지. 안 그러냐?"

그날 저녁, 엄마가 잠시 외출을 했을 때였다. 레퍼트씨가 로젠티를 자신의 방으로 조용히 불렀다.

"이거 받아라!"

미소를 머금은 듯한 선한 얼굴을 하고있던 레퍼트씨가 로젠티 앞에 불쑥 내밀은 것은 다름아닌 적금통장이었다.

"이게 뭐죠?"

"너 시집갈 때 줄려고 그동안 네 엄마 몰래 약간씩 적금 붓던 돈이다. 얼마 되지는 않지만 시집가는데 보태 쓰거라. 엄마한텐 당분간 비밀로 하고…."

로젠티는 머뭇거리다가 조심스럽게 통장을 펼쳐보았다. 중도에 해약한 적금통장 속에는 3천 5백 달러가 예치 되어 있었다. 순간, 로젠티의 두 눈에서는 눈물이 핑 그르 돌아버렸다. 그리 많은 돈은 아니었지만 통장속에 들어있는 돈은 양아버지에게 있어 거의 진 재산이나 다름없었기 때문이었다. 로젠티의 입에서는 자신도 모르게 '아버지'라는 단어가 튀어나오려 하였다.

10년 가까운 세월동안 단 한 번도 입밖으로 꺼내보지 않았던 낯설기 그지없는 단어였다. 그러나 목안의 가시처럼 차마 입밖으로 꺼내놓지를 못했다.

"그동안 애비 구실 한 번 변변히 못해서 정말 면목이 없구나. 마음은 항상 널 위해 무엇인가를 자꾸만 해주고 싶어었는데 그게 어쩐지 뜻대로 잘 안되더구나. 그래서 마음이 항상 아팠었단다.

이제 내가 널 위해 할 수 있는 것은 네가 부디 행복하게 잘 살기만을 마음속으로 기도해 주는 것밖에는 없구나. 미안하구나, 정말로…."

로젠티는 얼마후 결혼식을 올렸다. 그리고는 남편을 따라 LA에서 시카코로 떠났다. 로젠티의 결혼생활은 한동안 행복하기만 했다. 그런데 딸아이가 하나 생긴 후부터 경제적으로 상당한 어려움을 겪기 시작했다. 남편이 다니던 직장을 그만두고 자그마한 오파상을 차렸는데 일이 생각처럼 그리 잘되지 않았기 때문이었다.

그러던 중 오래전부터 지병으로 고생하던 친정 어머니마저 갑작스럽게 죽음을 맞이하게 되었다.

결혼후 1년에 두세번 정도 친정집을 방문하던 로젠티는 어머니가 죽은후부터 아예 발길을 끊어버렸다.

경제적으로도 워낙 쪼들리는 생활을 하는데다가 예전부터 부담스럽게만 느껴지던 양아버지를 더 이상은 만날 필요성이 없었기 때문이었다. 로젠티가 낳은 딸아이가 세 살쯤 되었을 때였다.

그동안 이곳 저곳에서 돈을 끌어다 겨우 버티어 오던 남편의 오파상이 끝내는 상당한 빚만진채 파산해 버리고 말았다.

그동안 살던 집은 남의 손에 넘어가고 로젠티의 가족은 졸지에 오갈데없는 처량한 신세로 전락해 버렸다.

방 한칸자리의 집으로 겨우 이사를 하게된 로젠티가 그동안 까마득하게 잊고있던 양아버지의 존재를 떠올리게 된 것도 이 즈음이었다.

"그래. 다른 사람이라면 몰라도 양아버지만은 내 사정을 이야기하면 어떤식으로든 도움을 주실거야. 그 양반은 여지껏 그렇게 살아오셨던 분이니까…."

로젠티는 그동안 줄곧 소식을 끊고 지내다 갑자기 연락하는 것이 왠지 모르게 마음에 걸렸지만 그래도 자신이 어려움에 처해 있을 때마다 믿고 의지할수 있는 사람은 양아버지밖에 없었기에 전화를 걸어 도움을 요청했다.

"그래, 그동안 고생이 참 많았었구나? 진작에 연락했으면 이 애비가 약간이나마 도움을 주었으련만, 아무튼 연락 잘 했다. 그래 얼마면 되겠느냐?"

다행히 양아버지는 예전에 어머니와 살던 그집에 그대로 살고있었다.

그는 예전과 마찬가지로 한없이 부드럽고 다정한 목소리로 로젠티에게 위로의 말을 건네준후 며칠후에 은행

온라인을 통해 돈을 보내주겠노라며 계좌번호를 가르쳐 달라고 하였다.
“제가 한 번 찾아 뵐게요.”
“아니다. 바쁠텐데 뭘 그럴 필요가 있겠느냐. 넌 집에서 상심하고 있는 네 남편과 아이나 잘 돌보고 있으려무나.”
“그래도….”
“난 네가 지금 나에게 이렇게 전화를 해준 것만으로도 이루 말할수 없이 행복하고 흐뭇하구나.
네 에미가 죽은후 난 네가 영영 나에게 연락을 하지 않을줄로만 알고 있었거든. 그런데 이렇게 연락을 해서 도움을 요청하니, 기분이 참 좋구나. 허허허….”
비록 전화상이었지만 로젠티는 양아버지가 겉으로는 웃고 있었지만 실은 목이 메어 눈물을 흘리고 있다는 것을 직감으로 알수있었다.
이제 한 번쯤은 아버지라 부르고 감사하다는 말을 전할 때도 되었으련만 로젠티는 또다시 그 흔하디 흔한 말한마디 못꺼내고 안으로만 삼켰버렸다.
얼마후, 로젠티의 통장으로 12만 달러라는 거금의 돈이 입금 되어졌다.
로젠티는 양아버지가 그 돈을 어디에서 마련했는지에 대해서는 전혀 관심이 없었다.
예전처럼 일단 다급한 문제가 해결되자 양바버지의 존재에 대해서는 까마득히 잊어버리고 자신의 눈앞에 닥

친 일들을 수습하기에만 급급해졌다.

다행이 재기를 시도한 남편의 사업은 점차 정상궤도에 도달했고 얼마가지 않아 그동안 날려버렸던 돈보다 몇 곱절은 더 되는 돈을 벌어들일수 있었다.

이제 로젠티에게 있어 더 이상의 근심 걱정은 없었다.

경제적으로도 안정을 되찾은데다가 몸이 그다지 좋지 않던 딸아이도 건강을 완전히 되찾았기 때문이었다.

그더던 어느날이었다.

우연히 은행에 들렀던 로젠티는 자신의 통장에 정체불명의 돈이 들어있는 것을 보고는 깜짝 놀랐다. 예전에 양아버지로부터 12만달러의 돈을 송금받았던 그 통장은 그전에 일시불로 인출한후 그동안 전혀 사용을 하지 않고 있었다. 그런데 어찌된 일인지 매달 3백달러씩 6개월동안 계속 돈이 들어오고 있었다.

송금자는 지그스란 사람으로 되어있었고 보내는 곳은 로젠티가 살고 있는 집에서 대략 다섯블록 정도 떨어진 국립 양로원 근처에 있는 은행이었다.

로젠티는 한동안 고민에 빠졌다. 지그스라는 사람이 누군지, 그가 왜 자신의 통장에 매달 돈을 송금시키는지, 도무지 알길이 없었다.

스쳐 지나가듯 양아버지의 모습이 떠올랐지만 그는 송금자와 이름도 전혀 다른데다가 사는 곳도 시카고가 아닌 LA에 살고 있었기 때문에 용의자(?) 선상에서 완전히 배제해 버렸다.

'그럼 누구지? 누가 왜 나한테 이 돈을 계속 보내오는 거지? 혹시 어떤 착오가 있어서 그런 것이 아닐까?'

아무리 생각해도 의문의 꼬리만 길어지자 로젠티는 며칠후 매달 15일마다 돈이 송금되어져 오는 은행으로 직접 찾아갔다. 그리고는 은행 직원들에게 자초지정을 설명하고 지그스라는 사람이 돈을 송금할 때 자신한테 귀뜸 좀 해달라고 부탁을 했다.

은행 마감 시간을 불과 30여분 정도 남겨 놓았을 때였다. 3번 창구에 있던 은행 직원이 갑자기 로젠티에게 지그스라는 사람이 나타났다는 신호를 보냈다.

로젠티는 재빨리 지그스라는 사람 앞으로 달려가 공손하게 인사를 하며 물었다.

"안녕하세요. 전 로젠티라는 사람입니다."

나이가 60대 중반 정도 되어 보이는 노인은 로젠티라는 말에 두눈을 크게 치켜뜨며 반갑게 인사를 했다.

"아, 당신이 바로 로젠티 여사이시군요? 이렇게 직접 만나뵙게 되어서 정말 반갑습니다. 이미 알고 계시겠지만 전 지그스라는 사람입니다."

로젠티는 지그스라는 사람을 데리고 은행에서 가까운 커피숍으로 자리를 옮겼다.

"저를 잘 아세요?"

커피를 살짝 들이키면서 로젠티가 묻자 지그스라는 사람은 고개를 가볍게 끄떡여 보였다.

"절 어떻게 아신다는 거죠? 전 당신을 처음 보는데,

그런데 왜 제 통장에 매달 돈을 송금시키는 거죠?"

"아하, 그거요? 전 다만 제 친구의 부탁을 대신 들어주는 것 뿐입니다."

"친구분이시라면?"

"레퍼티라고… 저와는 양로원에서 가장 가깝게 지내는 친구 사이죠."

"레퍼티씨라고요?"

로젠티는 낯선노인의 입에서 양아버지의 이름이 나오자 단단한 물체로 뒷통수를 얻어맞은 듯한 충격을 느꼈다.

"예. 그 친구는 지금으로 부터 약 1년여전에 제가 있던 국립 양로원으로 들어왔었죠. 그런데 특이한 것은 다른 노인들 같으면 양로원에서 주는 음식이나 챙겨먹으며 그럭저럭 소일 거리나 하면서 지내는데 이 친구는 양로원에 들어오자 마자 아침부터 줄곧 돈을 벌러 나가더군요.

어디에다 그렇게 쓸려고 하는지는 몰라도 단 한푼도 쓰지않고 모아두었다가 매달 15일만 되면 저를 시켜서 로젠티라는 여자의 이름으로 되어있는 통장에다 대신 돈을 임금 시켜달라며 부탁을 하더군요. 그래서 내가 로젠티라는 여자가 누굴길래 한겨울날 새벽부터 나가 밤늦게까지 손등이 터지고 귓볼이 얼어붙도록 고생하면서 번 돈을 전부다 송금시켜주느냐고 물었더니…."

"그래 뭐라고 하던가요?"

"글세, 누구라고 딱 꼬집어 얘기하지는 않고 그냥 자신에게 있어 가장 소중한 사람이라고만 하더군요."

"……."

"그런데 그 사람이 지금 경제적으로 많은 어려움을 겪고있어 자신이 약간이나마 도움을 주고있는 거라 하더군요. 저더러 대신 돈을 보내라 한 것은 받는 쪽에서 행여라도 부담을 느낄지 모르기 때문에 그러는 거라 하고요. 정말 대단한 사람이었어요. 그렇게 고생하면서 단 한 번도 힘든 내색을 하지않고 오히려 일 그 자체를 즐거워 했으니까요. 소중한 사람을 위해 자신이 무엇인가를 할 수 있다는 그 자체가 그저 고맙고 감사하기만 하다는 거에요. 허, 나원참…."

로젠티는 그제서야 비로소 모든 사실을 알게 되었다.

양아버지는 예전에 로젠티가 경제적으로 도움을 요청했을 때 어머니가 죽기전에 자신 명의로 이전해준 집을 미련없이 팔아버린 것이다. 그리고는 집을 팔아 마련한 12만달러의 돈은 고스란히 로젠티에게 다 보내주고 당신은 그길로 국립 양로원으로 들어간 것이다. 그러나 그것으로도 마음이 안놓이자 로젠티의 집 가까이로 자신의 거취를 옮기면서까지 아버지의 도리를 다하려 한 것이다.

"그런데 궁금한 것이 하나 있소. 당신과 레퍼티씨와는 어떤 관계요? 대체 어떤 관계이길래 자신의 몸이 저토록 다 망가지도록 당신을 위해 희생하는거죠? 나 같으면 아무리 친딸일지라도 저렇게까지는 못할거 같은데…."

로젠티는 아무말 없이 고개를 숙였다. 그리고는 주위의 시선을 아랑곳 하지 않은채 큰 소리로 울기 시작했다.

"아니, 갑자기 왜 이렇게 우는거요?"

"화… 화가 나서 그래요. 화가 너무나서…."

"화가 나다니요? 누구한테요?"

"나 자신한테… 나 자신한테 화가나서 그래요. 너무 너무 많이…."

로젠티와 지그스씨가 밖으로 나왔을 때 날은 이미 저물어 있었다. 2월의 강추위가 매섭게 휘몰아치는 가운데 저 멀리에서 지친 발걸음으로 인력거를 힘겹게 끌고 오는 노인의 모습이 희미하게 보였다.

노인은 여기 저기 헤진 점퍼와 구두, 그리고 손가락 두세개가 드러나 있는 장갑을 착용하고 있었는데 그가 끄는 인력거 속에는 낡은 종이 뭉치와 빈병 고철덩어리 등이 수북히 들어있었다.

흙먼지를 뒤집어쓴 노인은 발걸음을 한 번 옮길때마다 연신 가래 끓는 기침소리를 토해냈다.

그러나 특이한 것은 보통 사람들이라면 그런 상황에서 고통에 겨워 인상을 잔뜩 찌푸리거나 참담함이 배어 있으련만 볼품없게 생긴 노인의 얼굴에서는 오히려 은빛으로 빛나는 잔잔한 미소만이 흘러나오고 있었다.

"아, 아버지!"

로젠티는 노인을 향해 달려갔다. 그리고는 그 앞에 무릎을 털썩 꿇고는 서럽게 눈물을 토해내며 말했다.

"왜 저같이 못된 것에게 그토록 큰 사랑을 주셨나요? 대체 무엇 때문에 저같은 것을 위해 당신의 인생을 그렇게 다 희생하셨나요? 왜, 왜, 왜…."

노인은 아무말 없이 로젠티를 일으켜 세웠다. 그리고는 뼈만 앙상하게 남은 자신의 그 볼품없는 가슴으로 로젠티를 살며시 끌어들이며 조용히 입을 열었다.

"넌 누가 뭐래도 내 딸이다! 이 세상에 단 하나밖에 없는 가장 귀하고 소중한 내 딸…."

꽃씨를 뿌리는 남자

2014년 3월 20일 인쇄
2014년 3월 25일 발행

편역인 | 최 정 재
펴낸이 | 김 용 성
펴낸곳 | **지성문화사**
등 록 | 제 5-14호(1976.10.21)
주 소 | 서울 동대문구 신설동 117-8 예일빌딩
전 화 | 02)2236-0654, 2233-5554
팩 스 | 02)2236-0655, 2236-2953